로크미디어가
유혹하는
재미있는 세상

이것이 나이다

이것이 법이다 14

2016년 9월 2일 초판 1쇄 인쇄
2016년 9월 7일 초판 1쇄 발행

지은이 자카예프
발행인 이종주

기획 팀 이기헌 송윤성
책임 편집 최전경

발행처 (주)로크미디어
출판등록 2003년 3월 24일
주소 서울시 마포구 성암로 330 DMC첨단산업센터 3층 314호
Tel (02)3273-5135 Fax (02)3273-5134
홈페이지 rokmedia.com **E-mail** rokmedia@empas.com

ⓒ 자카예프, 2015

값 8,000원

ISBN 979-11-5960-890-2 (14권)
ISBN 979-11-255-9575-5 04810 (세트)

이것이 법이다

14

자카예프 장편소설

ROK
MEDIA

로크미디어

CONTENTS

새로운 인재

"잘할 수 있겠어요?"

"잘할 수 있죠."

"걱정입니다."

"하하, 노 변호사님, 걱정하지 마세요. 그동안 배운 게 있어요."

만남이 있으면 이별도 있는 법이다. 새론이 커지면서 더 많은 사람들을 위해서 새로운 분점을 내는 것에 집중하게 되자 몇몇 사람들은 그곳으로 옮겨 가야만 했다. 노형진식의 공략법을 배운 사람들이 그곳에 가서 그 방법을 알려 주기 위해서였다. 그리고 그중에는 민시아와 무태식 변호사 부부도 있었다.

"가서 잘해. 애기도 잘 키우고."

"그럼요."

허니문 베이비가 생긴 그들은 아이가 어릴 때는 산 좋고 물 좋은 곳에서 키우고 싶다는 의견을 내비쳤다. 그래서 서울이 아닌 다른 도시로의 전출이 결정된 것이다.

"근데 산 좋고 물 좋은 곳이 아니잖아요?"

"하하, 그래도 가까이는 있지 않습니까?"

그들이 가는 곳은 대전이었다. 물론 대전도 상당한 대도시지만 아무래도 서울보다는 도심을 더 벗어나기 쉬운 편이니까.

"솔직히 이 두 사람은 이해하겠는데 난 유명한 변호사가 의외야."

그런데 전출 신청을 한 사람들 중에는 뜬금없이 유명한 변호사도 있었다. 아직까지 노 변호사에게 스킬을 배우지 못한 그가 이전 신청한 게 의외였던 것이다.

"아이고, 내사 마 진짜 여기는 복잡해서 싫어유."

그는 어려서부터 망한 아버지 때문에 여기저기 산속으로 사람이 없는 한적한 곳으로 도망을 다녀야 했다. 그럼에도 불구하고 사법시험에 합격할 만큼 머리가 좋았지만 그렇게 산으로 들로 뛰어다니면서 놀던 그에게 복잡하기 그지없는 도시는 힘든 곳이었다.

"좀 사람 없는 곳으로 가고 싶어유."

"뭐, 그것도 나쁘지는 않지."

그의 실력을 알아채고 밀어준 건 송정한이었지만 그래도 그의 선택을 탓하지는 않았다. 사실 그것보다 더 놀라운 건 노형진이었다. 그 역시 적극적으로 지지했기 때문이다.

"노 변호사, 스킬 전수가 제대로 안 돼서 섭섭하지 않아?"

"아뇨, 전혀요. 유 변호사는 뛰어나잖아요."

솔직히 유명한 변호사는 머리 자체만 보면 노형진과 비등하거나 능가할 정도로 좋다. 여기서 챙겨 가는 사건 기록만으로도 충분히 스킬을 배울 수 있을 것이다.

"그리고 제가 봤을 때는 유 변호사는 자기 방식을 찾아야 할 것 같아요."

"응? 그게 무슨 소리야?"

"유명한 변호사는 자신만의 스타일을 개척하는 타입이라는 거죠."

물론 노형진의 스타일이 나쁜 건 아니다. 하지만 노형진이 조용하고 정적이며 분석적이라면, 유명한 변호사는 열정적이고 동적이라는 점에서 둘은 서로 다르다.

"분석력만 더하면 그 방법도 나쁘지 않아요."

이대로 노형진과 함께 있으면 유명한은 그를 따라 하게 될 것이다. 결국 자신의 스타일을 찾지 못할 가능성이 높다.

그런 의미에서 보면 그가 떠나는 것은 적절한 선택이었다.

'그런 의미에서는 잘된 거지.'

"자, 자, 모두들 수고했으니 오늘은 소고기 회식입니다."

"수입산 안 먹어요."

"한우 먹읍시다. 한우."

"하하하!"

그렇게 그들의 헤어짐은 끝을 향해 달려가고 있었다.

⚖

이런 말이 있다, 사람이 든 것은 몰라도 난 것은 안다고. 무슨 뜻이냐 하면 사람이 들어오는 건 티가 안 나지만 사람이 나간 것은 티가 확 난다는 것이다. 백 명이 넘게 일하는 새론이지만 그들이 빠진 자리가 쉽게 메워지는 것이 아니었다.

"썰렁하네요."

"그렇지."

그들뿐만 아니라 지원자 여러 명이 흩어진 관계로 새론은 어느 때보다 한산한 느낌이었다. 아직까지 새로운 변호사들이 고용되지 않은 상황에서 그들의 자리는 더욱 크게 느껴질 수밖에 없었다.

"그나저나 이대로 가면 완전히 텅 비어 버리는 거 아냐?"

"그러면 좋지요."

안 그래도 전국에서 사건이 몰려와서 본사의 부담이 커진 상황이었다. 그래서 지점을 만드는 것을 생각한 것이고 말이다.

"그래, 금방 자리가 차겠지."

송정한은 뿌듯한 얼굴로 바라보았다. 작은 변호사 사무실이었던 새론이 이제는 한국에서 톱 3 안에 들어갈 정도로 커졌다는 사실에 왠지 벅찬 감동이 느껴지기 때문이다.

"아깝지 않으세요?"

"뭐가?"

"아니, 솔직히 이렇게 커진 것치고 대표님이 가지고 가는 것은 얼마 안 되잖아요."

"그러는 노 변호사는 뭐 많이 가지고 가나?"

그렇게 말하면서 송정한은 열심히 뛰어다니는 다른 직원들을 바라보았다.

"솔직히 지금 가지고 가는 것도 과거에 비하면 얼마나 많은데."

"욕심이 별로 없으시네요."

"변호사가 욕심을 부리기 시작하면 그것만큼 위험한 놈도 없다네."

노형진은 고개를 끄덕거렸다.

변호사란 믿음을 먹고 성장하는 존재다. 누군가의 인생을 좌지우지할 수도 있는 존재이기도 하다. 그런 그가 욕심을 가지게 되면 의뢰인이 아닌 돈을 주는 사람을 따라가게 될 가능성이 높게 된다.

"지금이 딱 좋아."

"다들 그랬으면 좋겠습니다."

"허허허."

송정한은 그저 웃을 뿐이었다. 하지만 그게 얼마나 힘든 일인지 스스로가 알고 있었다. 새론급 규모인 기업의 대표들은 못해도 80평짜리 아파트에서 살고 있다. 하지만 송정한은 여전히 32평 아파트다. 그래도 나름 자기 집이라는 점에서 좋은 편이지만 다른 사람에 비하면 턱없이 부족한 것이 사실이다. 그마저도 전세니 말이다.

"그래, 그러면 좋겠지."

송정한은 사람들을 보면서 아쉬워했다. 그런 정신을 이어갈 수 있는 사람이 과연 얼마나 될지 걱정스러웠기 때문이다.

"그나저나 오늘 오후 면접은 어떻게 되어 가나?"

"뭐, 다를 게 있습니까?"

사람이 빠진 만큼 채워야 한다. 그래서 얼마 전부터 변호사 모집 공고를 냈다.

보통은 변호사들은 따로 만나서 이야기하지, 면접을 보지 않는다. 하지만 새론은 다른 곳과 다르게 변호사의 특권을 인정하지 않기에 다른 사람들과 마찬가지로 면접을 봐서 들어와야 한다.

물론 그게 싫은 사람들은 오지 않는다. 그러나 그런 사람들은 애초에 새론의 정신과 어울리지 않는 사람이다.

"총 일곱 명이더군요."

"많다고는 말을 못 하겠네……."

빠져나간 사람이 다섯 명인데 지원자가 일곱 명이라니. 그마저도 걸러 내고 나면 숫자는 더 부족해진다.

"조금 적더라도 제대로 된 변호사를 키우는 게 훨씬 유리합니다. 그리고 우리에게는 로스쿨이 있지 않습니까?"

송정한은 고개를 끄덕거렸다.

"다음."

한 명씩 들어오는 변호사들. 한 명당 30분씩 집중적으로 질문해서 적당한 사람을 뽑고 있었다.

"방금 그 사람은 어때요?"

"음…… 글쎄…… 허영이 좀 있어 보이던데?"

"흠…… 그럼 제치죠."

"그래, 그게 좋겠다."

방금 전 들어온 변호사는 온몸을 명품으로 치장한 남자 변호사였다. 물론 그게 나쁜 것은 아니다. 돈이 있다면 말이다. 하지만 그는 이제 막 변호사 자격을 딴 사람이니 돈이 있을 리 없다.

'그런 경우 둘 중 하나지.'

집이 엄청 부자이거나 물건이 짝퉁이거나. 어느 쪽이든 좋은 사람은 못 된다. 엄청 부자라고 해도 명품에 그렇게 집착

하면 나중에 돈 욕심을 내는 사람이 된다. 가짜라고 한다면 보이는 것만 신경 쓰는 사람이라는 뜻이다.

"쉽지 않군요."

"그러게 말이야."

남상주는 계속 들어오는 사람들을 보면서 입맛을 다셨다. 그래도 일곱 명 중 한 명쯤 있을 거라 생각했는데 한 명도 없다니.

"시기가 좋지 않으니까요."

변호사들이 자리를 옮기는 시기가 아니다. 그러다 보니 아무래도 타이밍이 좀 늦어서 쓸 만한 사람들은 죄다 다른 곳에 갔을 가능성이 높다.

"다음 면접자 들어갑니다."

그 순간 다른 직원의 안내를 받으면서 들어오는 여자. 노형진은 그녀를 보며 고개를 갸웃했다.

'뭐지?'

단정하고 깨끗한 정장 그리고 검은색 하이힐, 검은색 가방까지 면접자의 표준 같은 복장. 근데 도리어 그게 더 어색했다. 그건 회사 면접용이지, 변호사들은 저런 식으로 하고 오지 않기 때문이다.

"손예은 씨."

"네."

"우리가 세 번째라고요?"

"그렇습니다."

그녀는 의자에 앉아서 당차게 대답했다. 그런데 노형진은 고개를 갸웃했다.

'면접자 맞아?'

그녀의 목소리에 깔려 있는 은은한 분노.

보통 면접자라고 하면 잘 보이려고 하거나 자신 있는 모습을 보여 주려 하다 보니 생각보다 목소리가 커진다. 그런데 그녀의 목소리는 낮았지만 무게감이 있었고 그 안에 강한 뭔가가 느껴지고 있었다.

"음, 그래요?"

차마 면접자에게 말하지 못하고 다음 질문을 하려 하는 노형진. 그 순간 옆에서 그녀의 이력서를 살피던 남상주가 노형진을 툭 쳤다.

"노 변호사."

"네?"

"여기."

슬쩍 이력서를 보여 주는 남상주. 그걸 본 노형진의 눈썹이 약간 꿈틀거렸다.

"왜요? 안 됩니까?"

그걸 알아챈 건지 손예은이 먼저 나지막하게 물어봤다.

"좀 당황스럽군요."

솔직히 노형진은 당황스러웠다. 당황스러울 수밖에 없었

다. 그녀가 제출한 이력서에 버젓이 적혀 있는 이름.

'법무 법인 청계라니?'

지금은 사라진 곳인 청계. 변호사로서 해서는 안 되는 짓인 범죄를 짜 주고 그걸 은폐하는 업무를 하던 놈들이다. 그런데 노형진 때문에 자꾸 실패하자 그를 제거하려다가 도리어 자기 함정에 빠져서 기업 자체를 날렸다.

'도대체 왜?'

법조계에서 청계와 새론의 악연에 대해 모르는 사람은 없다. 하물며 그곳에서 일했던 사람이 모를 리 없다. 그런데 다른 곳도 아니고 청계 출신이라니.

'목적이 있나?'

그건 아닌 것 같다. 그랬다면 어떻게 해서든 자신에 대해서 감추려고 했을 것이다. 하지만 그녀는 누가 봐도 분노를 감추지 않고 있었다. 게다가 대놓고 서류에 청계 출신이라고 써 두기까지 했다.

"여기가 어딘지는 알죠?"

"네."

"그런데 왜 지원하신 겁니까?"

노형진은 결국 고민하다가 단도직입적으로 물어보기로 했다. 저쪽에서 감추려고 할 생각이 없는데 딱히 파고들려고 돌려 말할 필요가 없다고 생각했기 때문이다.

"새론이니까요. 그리고 당신이 있으니까요."

"허?"

생각지도 못한 대답이었다.

"제 인생을 망친 인간들이 어떤 사람들인지 보고 싶었습니다. 그리고 제 인생을 망친 사람들이 당신이니 그 책임도 있다고 생각했습니다."

"허."

노형진은 그녀가 분노와 적대감을 가진 이유를 알 수 있었다.

'그거였군.'

청계가 사라지고 난 후 청계 출신 변호사들은 제대로 된 곳에 입사할 수가 없었다. 범죄 설계자라는 오명 때문이었다. 물론 그걸 한 건 일부 상위직들이었지만 이제 와서 변명한다고 해도 바뀌는 것은 없었다.

"전 그곳에 들어간 지 2년밖에 안 되었습니다. 그 전에는 개인 변호사였지요. 그곳에서 승승장구할 수 있을 거라 생각했습니다. 새론과 노 변호사님이 그곳을 망가트리기 전까지는요."

"왜 그런 건지 아십니까?"

"압니다."

"그런데도 우리가 싫은가요?"

"인간은 남의 병보다 내 발톱의 가시가 더 아픈 법입니다."

포기한 건지, 아니면 얼굴을 보러 온 게 목적인 건지 그녀는 거리낌이 없었다.

"그럼 지금까지 뭐 했습니까?"

"개인 변호사로 활동했습니다."

"제가 알기로는 청계에서 나온 사람들이 뭉친 걸로 알고 있는데요?"

주요 멤버가 잡혀가면서 다른 로펌에서 다른 변호사들을 데리고 가지 않자 그들은 자기들끼리 뭉쳐서 새로운 기업을 만들었다. 법무 법인 중성. 물론 소문이 뻔하기 때문에 그다지 큰 기업은 아니다. 매출도 적고 말이다.

"전 안 데려가더군요."

"왜요?"

"전 그들 사이에 낄 가치가 없다고 생각했나 보죠."

"흠."

형진은 그녀를 바라보았다.

사실 그럴 만하다. 그녀가 청계에서 근무한 시간은 길지 않다. 핵심 멤버도, 주요 멤버도 아니었다. 실적이 좋지 못했다면 있어도 그만, 없어도 그만인 존재. 그런 사람을 굳이 데리고 갈 이유는 없어 보였다.

"그러면 만일 우리 회사에 다니게 된다면 어떻게 하고 싶습니까?"

"당신들이 어떻게 일하는지 하나부터 열까지 파헤칠 겁니다."

"배우는 게 아니고요?"

"그래야 당신들을 파고들 수 있을 테니까요."

"허."

남상주는 기가 막혔다. '배워서 열심히 하겠습니다.'도 아니고 그걸 파헤쳐서 파고들겠다니. 이건 대놓고 싸우겠다는 소리가 아닌가?

"자네 말이야."

보다 못한 남상주가 한 소리 하려고 하자 노형진은 그를 말렸다. 그리고 미소를 지으면서 그를 바라보았다.

"남 변호사님."

"왜 그러나?"

"전 합격점을 주고 싶은데요?"

"뭐?"

당황스러운 말이었다. 손예은은 다른 곳도 아닌 새론의 가장 강력한 적이었던 청계 출신의 변호사다. 더군다나 이쪽을 파고들어서 이길 수 있기를 기대하면서 온 사람이다. 그런데 합격이라니?

"이봐, 노 변호사, 저 여자는 청계 출신이야!"

"압니다. 하지만 그녀가 직접 사건을 조작한 건 아니잖습니까? 기록을 봐서는 아무래도 그냥 일반 변호사인 것 같은데요."

사실 일반 변호사로서 청계는 앞으로 탄탄대로를 달린다는 뜻이기도 했다. 그런데 운명의 장난으로 그 탄탄대로가 노형진 때문에 날아간 것이다.

"그리고 어차피 누군가는 배워야 하는 겁니다."

"하지만 그래서 문제인 거 아닌가?"

손예은의 목표는 확고하다, 노형진의 방식을 배워서 노형진을 쓰러트리겠다는.

　"이런 말이 있죠. 친구를 가까이하라. 하지만 적은 더욱 가까이하라. 그리고 말입니다, 뭔가가 발전하려면 내부에 반대파도 있어야 합니다."

　"뭐?"

　"설마 제가 위에서 잘 배워서 이런 능력을 가졌다고 생각하시는 건 아니죠?"

　노형진은 엄밀하게 말하면 기존 법률계에 대한 반골이다. 권력 추구적이고 탐욕적인 기존 체계에 대한 반감으로 스스로를 발전시켜서 그들과 싸운 반골.

　"제게도 제가 모르는 약점이 있을 수도 있습니다. 물론 제가 많은 사람들을 가르치고 그들이 배워 왔다고 하지만 배우는 것과 파고드는 것은 마음가짐도, 목표도 다르니까요."

　배우는 사람은 다른 생각을 안 한다. 그저 배우려고 한다. 하지만 적은 거기서 약점을 찾는다.

　"하지만 저 사람의 목적은 자네를 꺾는 걸세."

　"그래서요? 재판은 결국 싸움입니다. 누군가는 이기고 누군가는 지죠. 제가 승률에 매달렸다면 지금의 저는 없었을 겁니다. 그리고 어차피 질 거면 소속 변호사한테 지는 게 훨씬 나을 겁니다. 다른 곳 소속 변호사한테 지면 그쪽 이름이 높아지지만, 같은 소속한테 지면 전반적으로 우리 수준이 높다는 평이 나올 거 아닙니까?"

"허."

남상주는 기가 막혔다. 자기를 잡아먹겠다고 덤비는 사람을 키우겠다니.

"하지만······."

"잘 키운 변호사는 절 대신할 수도 있겠지요. 그럼 저는 좋습니다. 제가 천년만년 이 자리에 있을 것도 아니잖습니까?"

남상주는 한숨이 나왔다.

"이봐, 노 변호사."

"네?"

"자네, 저 여자랑 동갑이야."

"아? 그런가요?"

세상 다 살고 은퇴할 만한 변호사가 할 소리를 하는 노형진에게 남상주는 약간 기가 막혔지만 또 그렇게까지 말하니 말릴 수도 없었다.

"마음대로 하게. 나도 합격점을 주지. 하지만 손예은 양, 아니 이제 정식으로 우리와 일할 테니 제대로 불러 줘야겠군. 손예은 변호사, 청계에서 뭘 했든 간에 우리 쪽은 다를 겁니다."

"압니다. 같을 거라 기대도 안 합니다. 제 목표는 한 명뿐이니까 걱정하지 마십시오."

자신을 바라보는 그녀를 보며 노형진은 기분이 묘해졌다.

"일단 이곳이 당신 사무실입니다. 전에 쓰던 사람이 여자 변호사라 그다지 손댈 건 없을 겁니다."

손예은에게 배정된 사무실은 민시아 변호사가 쓰던 곳이었다. 그녀는 주변을 보더니 고개를 끄덕거리면서 자기 자리에 앉았다.

"알겠습니다."

"그럼 궁금한 점이 없나요?"

손예은은 노형진을 바라보면서 대놓고 물어봤다.

"그럼 일은 언제 시작하지요?"

"허."

"우리는 변호사지, 신입 사원이 아닙니다. 일을 배울 시간이 필요하다고는 생각하지 않는데요?"

확실히 손예은은 지금까지 노형진이 알아 온 사람들과는 달랐다. 지금까지 만난 사람은 적대적이나 우호적이거나 둘 중 하나였다. 그를 꺾어야 하는 상대방은 적대적이었고 아군은 우호적이었다. 당연한 거다. 그런데 손예은은 그를 목표로 삼는다. 그렇다고 적대적인 것도 아니다. 마치 어떻게든 따라잡아야 하는 무언가를 바라보는 느낌이랄까?

'뭐, 나쁘지는 않지.'

다른 사람들은 어쩌다 보니 그 자리에 있었기 때문에 노형진에게 스킬을 배웠다. 생각해 보면 스스로 배우겠다고 덤비는 사람은 손예은이 처음이었다.

"뭐, 처음이고 하니 손 변호사가 한번 골라 보세요."

"제가 말인가요?"

"네, 배우고자 하는 사람이 배울 것을 선택하는 것도 나쁘지 않겠지요."

손예은은 잠시 침묵을 지키다가 고개를 들었다.

"알겠습니다."

⚖

"이걸?"

"네."

얼마 후, 손예은 변호사는 사건을 가지고 왔다. 그리고 그걸 받아 든 송정한과 남상주는 기가 막힌 얼굴이 되었다.

"가능하지 않습니까?"

"그…… 글쎄?"

"이건 불가능할 것 같은데?"

"새론은 정의를 추구하는 줄 알았는데요? 보이지 않으면 해결하지 못하나요?"

당찬 그녀의 말에 때마침 노형진과 함께 있던 송정한과 남상주는 기가 막힌 얼굴이 되었다. 그도 그럴 것이 그녀가 가지고 온 사건은 사건 번호가 있는 것도, 진행 중인 사건도 아니었기 때문이다. 심지어 존재하지도 않는 사건이었다. 아니, 존재는 하는데 알 수는 없다고 해야 할 것이었다.

"아니, 우리가 경찰도 아니고."

"전 노 변호사님이라면 해결책을 찾을 수 있을 것 같은데요?"

손예은의 말에 두 사람은 노형진을 바라보았다.

"가능하겠나?"

송정한조차 고개를 갸웃하는 그것. 그건 다름 아닌 아동 학대 사건이었다.

"확실히 힘든 사건이죠."

아동 학대 사건. 그건 사건이 힘든 게 아니다. 변호사는 기본적으로 의뢰받고 움직인다. 그게 힘들었다. 그 사건을 의뢰할 수 있는 피해자가 너무 어려서 학대당한 건지도 모르는 경우가 대부분이다. 심지어 그 사건을 벌이는 범인은 그 피해자, 즉 아동들을 보호하는 사람이다. 당연히 외부에 드러나지도 않는다. 분명히 벌어지고 있지만 인지하는 것도 쉽지 않으니 변호사가 그걸 해결하는 것은 더욱 어렵다.

"아니, 애초에 사건 번호라도 가지고 오든가 해야지."

손예은은 사건 번호나 이름을 가지고 온 게 아니다. 그저 아동 학대라는 죄목만 가지고 온 것이다.

"자네 말이야."

남상주가 뭐라고 하려고 하자 노형진은 그런 그를 말리고는 고개를 끄덕거렸다.

"좋습니다. 하지만 아시죠? 배우는 사람은 함께 뛰어야 합니다."

"각오하고 있습니다."

"좋습니다. 그럼 일단…… 그 하이힐 말고 운동화랑 편한 옷부터 사세요."

"알겠습니다."

손예은이 나가자 남상주는 기가 막혔다.

"노 변호사, 왜 자꾸 말리는 거야? 너무 싸가지가 없잖아?"

"싸가지가 없는 게 아니라 그렇게 보이려고 노력하는 것 같은데요?"

"뭐?"

"츤데레잖습니까?"

"츤…… 뭐?"

뭔지 모른다는 얼굴이 되자 노형진은 아차 싶었다. 그런 단어를 두 사람이 알 리 없으니까.

"겉으로는 차가운 척하지만 속은 따뜻한 사람을 말합니다."

"뭐, 따뜻?"

제대로 웃지도 않는 저 여자가 따뜻하다니? 두 사람은 이해할 수가 없었다.

"하하하, 이해하지 못하시겠죠. 하지만 조금만 생각해 보세요. 만일 제가 어떤 사건을 가지고 오라고 한다면 두 분은 어떻게 하시겠습니까?"

"음……."

"글쎄……."

두 사람은 잠시 고민하다가 입을 열었다.

"아무래도 여기 있는 사건 중 하나를 가지고 오겠지."

"나도 말이야. 아니면 하다못해 경찰이나 법원에 접수된 걸 가지고 올 거야."

"맞습니다. 보통은 그러죠. 그런데 손 변호사는 굳이 아무 것도 없는 아동 학대를 가지고 왔습니다. 두 분, 아동 학대라는 사건 생각나세요?"

"음?"

두 사람은 잠시 고민하다가 고개를 흔들었다. 아무리 생각해도 만일 그런 조건을 들었다면 아동 학대는 생각나지 않았을 것이다. 뭔가 생각나는 것도 어느 정도 접해야 생각이 나는 거지, 뜬금없이 짠 하고 나타나는 게 아니다.

"결과적으로 그녀는 평소에 이쪽에 관심이 있거나 자신이 하지 못하는 걸 절 통해서 해결하려는 것이라고 볼 수 있지요."

"거참…… 골탕을 먹이려고 하는 건 아니고?"

"솔직히 골탕 먹이려고 한다면 더 어려운 사건을 가지고 왔을 겁니다. 이것보다 어려운 건 많으니까요."

"그렇기는 하지."

송정한 역시 어느 정도 이해는 가는 모양이다. 사실 이런 아동 학대 사건은 찾는 게 어렵지, 그 이후의 해결은 쉬운 편이다.

"근데 왜 저래?"

"어찌 되었건 그녀의 입장에서는 원수 같은 존재니까요."

"허."

그런 식으로 보면 그녀가 청계의 변호사들이 만든 새로운 로펌에 가지 못한 이유가 성립된다. 청계는 돈만 되면 뭐든 하려고 했던 곳이다. 그런 곳에서 쓸데없이 남을 불쌍하게 여겨서 일하려고 하는 사람을 데리고 갈 리 없다. 돈이 될 리가 없기 때문이다.

"그러면 말을 하든가?"

"뭐, 나아지겠지요."

형진은 피식 웃으면서 대답했다.

"그럼 어쩔 거야? 솔직히 이건 좀 복잡한 사건이 아닌가? 경찰에서도 찾기 힘들 테고."

아동 학대 사건의 가장 큰 문제는 바로 그 은폐성이다.

"확실히 문제이기는 하죠."

아이들은 약하다. 그러다 보니 대부분의 아이들은 부모에게 절대적으로 기댈 수밖에 없다. 그래서 신고가 안 된다. 심지어 아이들 스스로 나서서 은폐한다. 부모와 떨어질 것 같다는 공포감 때문이다. 그런 문제 때문에 대부분의 아동 학대 사건은 극단적인 경우에만 드러난다. 설사 주변에서 알아채고 신고해도 경찰에서는 가족끼리의 문제라 생각해서 나서는 경우도 드물고, 설사 나선다고 해도 제대로 처벌하기보다는 그냥 경고하는 수준에서 끝낸다.

"당장 찾을 수는 없지 않나? 우리한테 사건이 찾아올 리는 만무하고 설사 찾는다고 해도 의뢰인이 우리한테 맡길 리 없지 않나?"

"맞네. 더군다나 법정대리인이 가해자인데 그게 처리될 리가……."

노형진은 고개를 흔들었다.

"방법이 없는 것과 방법을 못 찾는 건 다른 겁니다. 그리고 전에도 말했다시피 모든 사건을 법정에서 해결할 필요는 없으니까요. 그리고 이 시점에는 찾기 참 좋거든요."

고개를 갸웃하는 두 사람. 이 시점에 아동 학대범을 찾기 좋다는 건 이해할 수가 없는 말이었기 때문이다. 하지만 노형진은 대답하는 대신에 서류를 덮으면서 일어났다.

"그럼 저도 운동화를 가지러 가야겠군요."

"운동화를?"

"네, 이제 발로 뛰어야 할 시간이니까요. 후후후."

⚖️

"덥죠? 이제 많이 더워졌습니다."

노형진은 땀을 뻘뻘 흘리면서 미소를 지으면서 손예은 변호사를 바라보았다. 간편한 복장을 한 그녀는 땀 한 방울 안 흘리면서 앞만 바라보고 있었다.

"부럽네요. 전 더위를 많이 타서 말이지요."

노형진은 느긋하게 자리를 잡고 아이스크림을 빨고 있었다. 그렇게 돌아다닌 지 사흘. 변호사로서는 상당히 생소한 일이었음에도 그녀는 묵묵히 따라다닐 뿐이었다.

"그러지 말고 하나 드시죠."

노형진은 대답하지 않는 그녀에게 시원한 음료수를 내밀었다. 손예은은 그걸 물끄러미 바라보다가 받아 들고는 드디어 입을 열었다.

"이렇게 있으면 보인다고요? 전 모르겠네요."

"이상한 걸 찾으려고 하니까 안 보이는 겁니다."

"이상한 걸 찾으려고 하니까 안 보인다니요?"

"생각해 보세요 이상해 보인다면 그걸 주변에서 몰랐겠습니까?"

"그런가요?"

노형진은 초등학교 앞에서 죽치고 앉아서 그저 멍하니 시간을 보낼 뿐이었다. 그게 벌써 사흘째. 그런데 하는 말조차도 뜬금없었다.

"그러니까 당연해 보이는 걸 찾아보세요."

"당연해 보이는 거라니."

"당연하지만 상황에 안 맞는 거요."

"당연한데 상황에 안 맞는 거라."

손예은은 이해하지 못한 모양이었다. 물론 노형진은 뭘 찾는지 쉽게 설명할 수 있었다. 하지만 그렇게 배우는 것보다는 스스로 알길 원했기에 조용히 있을 뿐이었다. 물론 그게 쉽지 않다는 것이 문제지만.

"이제 움직일까요?"

노형진이 일어나자 손예은은 당황한 얼굴로 자리에서 일어났다. 자신은 아무것도 찾지 못했기 때문이다. 그런데 노형진은 벌써 뭔가를 확인하고는 움직이다니.

"뭐가 있다는 거죠?"

"따라오세요. 그럼 설명해 드리죠."

손예은은 조용히 노형진을 따라갔다. 하지만 노형진은 조용히 아이들의 한복판에서 걸어갈 뿐이었다. 점점 아이들이 흩어지고 집으로 가고 부모를 만나고 한참을 걸어가자 남은 아이들은 별로 없어 보였다.

"안 더우세요?"

"덥네요."

"그걸 생각하면 보일 겁니다."

"네?"

노형진의 말에도 손예은은 이해하지 못하고 그저 묵묵히 따라갔다.

그렇게 얼마나 갔을까? 더욱 아이들이 줄어들고 이제 몇

명 남지 않았을 때 그녀는 자신도 모르게 우뚝 멈출 수밖에 없었다.

"아!"

"빨리 움직이지 않으면 놓칠 겁니다."

빨리 움직이기 시작하는 손예은. 이윽고 그녀의 눈은 앞에 있는 한 소년에게 고정되어 있었다.

"이제 보이나요?"

"네."

이 더운 날씨에 긴 팔을 입고 있는 아이. 그 아이는 힘없이 집으로 걸어가고 있었다.

"더워 보이죠?"

"네."

이 더운 날씨에 긴팔이다. 다른 아이들이 반팔을 입고 있는 것과는 대조적이다. 긴팔에 긴바지라니.

"더군다나 옷 색을 보세요."

물론 성격상 반팔을 안 입는 사람도 있다. 하지만 그것도 어느 정도다. 여름옷은 원단도 얇고 시원하게 통풍되도록 만들어져 있다. 하지만 그 아이가 입고 있는 옷은 누가 봐도 두꺼운 원단으로 만든 어두운 색이었다. 보통은 겨울, 잘해야 서늘한 봄이나 가을에 입을 만한 옷이다. 이렇게 더운 시점에 입을 옷이 아니다.

"왜 저런 옷을 입히는 거죠?"

"두려우니까요."

"두렵다?"

"아동 학대를 하는 놈들은 죄다 성인입니다. 그게 잘못된 일이라는 사실을 모를까요? 압니다. 하지만 스스로에게 합리화하면서 계속하는 거죠. 문제는 외부에서 그걸 알 경우 처벌받을 수도 있다는 겁니다."

"……."

"결국 남은 카드는 하나뿐이죠. 안 걸리는 거. 저런 긴 옷은 멍을 감추기에 제격입니다."

더군다나 어두운 색이다. 다른 밝은 색이라면 비쳐서 보이기라도 하겠지만 저런 옷은 그럴 리 없다.

"이런 날씨에 저런 옷을 입고 다닌다는 것은 100%라고 봐도 무방하지요. 그리고 아이의 걸음을 보세요."

확실히 다른 아이들과는 달랐다. 다른 아이들은 걸음이 빨랐다. 집에 갔다가 학원을 가든 놀러 가든 뭔가를 해야 하기 때문이다. 하지만 그 아이는 유독 걸어갈수록 속도가 점점 느려지고 있었다.

"자기를 괴롭히는 누군가가 있는 곳으로 가는데 발걸음이 빨라질 수는 없지요."

노형진은 조용히 그 아이를 따라갈 뿐이었다. 그리고 그 아이가 들어간 건물을 본 손예은은 얼굴을 찌푸렸다. 그녀는 지금까지 표정이라는 것을 보여 준 적이 없었다. 기본적으로 아름다운 얼굴이기는 하지만 그래도 감정을 표현하지 않아서 냉기가 풀풀 풍긴다고 할까? 그런데 이번에는 그런 감정이 그대로 드러나는 얼굴이었다.

"의외인가요?"

"솔직히 그러네요."

손예은조차 감정을 표현할 정도로 얼굴을 찌푸린 이유. 그건 다름 아닌 그 집 때문이었다. 아무리 봐도 100평은 넘어보이는 커다란 집이었다. 그것도 정원까지 달린 제법 화려한 주택.

"아동 학대는 가난하고 못 배운 사람에게 벌어지는 게 아닙니다. 배울 만큼 배우고 있을 만큼 있는 놈들도 벌입니다. 그건 생계형 범죄가 아니에요. 인성에 관한 문제지."

노형진은 커다란 현관을 보면서 중얼거렸다.

"그럼 어떻게 하실 건가요? 이제 신고하실 건가요?"

다시 무표정하게 변한 손예은은 무심하게 질문을 던졌다.

"글쎄요. 어떻게 할까요?"

노형진은 씁쓸하게 미소 지을 뿐이었다.

자격 없는 부모

　해가 떨어지고 있었다. 그리고 얼마 후 집 안에서는 자지러지는 울음소리와 비명 소리가 들려왔다.

　"으아아앙, 엄마 잘못했어요! 다시는 안 그럴게요! 한 번만 봐주세요! 엄마! 엄마!"

　안에서 들리는 비명 소리에 손예은은 움찔하는 눈치였지만 노형진은 조용히 있을 뿐이었다.

　"확정적이군요."

　물론 단순히 혼내는 소리일 수도 있었다. 하지만 그것 치고는 아이의 목소리는 공포로 가득했다.

　"그냥 두나요?"

　"때로는 분노보다는 인내가 필요할 때도 있는 겁니다."

"녹음이라도 하죠."

"사람의 귀와 녹음기는 다릅니다. 여기서 녹음해 봐야 웅웅 소리만 녹음될 겁니다."

하긴 워낙 집이 큰 데다가 문 너머로 들리는 거라 그마저도 확실하게 들리는 게 아니었다.

"제대로 녹음하려면 제대로 된 장비가 있어야 합니다."

"경찰이라도 불러 보는 게 어때요?"

"말리지는 않겠습니다."

노형진은 아무런 말도 하지 않았다. 손예은은 재빨리 경찰에 신고했다. 잠시 후 한 대의 경찰차가 다가오더니 집으로 들어갔다. 그리고 얼마나 지났을까? 손예은은 아무런 행동도 하지 않고 나오는 경찰을 보고 얼어붙었다.

"어째서?"

"한국이니까요. 한국은 집안 문제가 문턱을 넘는 걸 싫어합니다."

노형진은 쓸쓸하게 말했다.

"경찰에 신고해 봐야 의미가 없어요."

한국 경찰은 집안 문제에 나서지 않는다. 심지어 심각한 문제도 집안 문제라고 하면 그냥 돌아가 버리는 경우가 많다.

미국은 아이의 울음소리가 들리면 일단 경찰이 출동하고 아이의 안전을 확보한 후 임시로 아동보호소에서 보호한다. 그 후에 부모가 때린 것이 과연 학대인지 아닌지 확인 작업을 거쳐 학대라는 결과가 나오면 바로 양육권을 박탈한다.

사실 한국에서는 그게 무슨 몰상식한 짓이냐고 할지도 모르지만 그렇게 하지 않으면 아이를 보호하지는 못한다. 그리고 학대로 판명되지 않는 한 양육권이 박탈되는 경우는 없다. 단순히 당사자뿐만 아니라 주변 인물부터 심리상담사까지 동원해서 제대로 검사하기 때문이다.

"하지만 한국은 그냥 훈육이라고 하면 그냥 가 버리죠."

핑계는 마음대로 만들면 된다. 도둑질했다, 개를 때렸다, 누군가를 때렸다 등등.

"과연 이 집 주변 사람들이 경찰에 신고하지 않았을 것 같나요?"

"……."

매일같이 애가 울부짖는데 정상적인 사람이라면 최소한 번은 신고할 것이다.

"하나만 보면 안 됩니다. 여러 가지를 봐야지요."

"……."

아니나 다를까, 경찰이 가고 난 후에 채 10분도 지나지 않아서 다시 들리는 아이의 비명 소리.

"그럼 저걸 그냥 둬요?"

"아니요."

노형진은 그렇게 둘 생각이 없었다.

"저, 그렇게 몰상식한 놈 아닙니다."

"그럼 왜 그냥 둔 겁니까?"

"핑계를 만들어야 하니까요. 애석하게도 우리는 전혀 다른 남입니다. 현행법상 아무런 권리도, 권한도 없지요."

"무슨 핑계요?"

"바로 이거요."

노형진은 바로 현관으로 가서는 미친 듯이 벨을 누르기 시작했다. 그러자 아이 울음소리가 작아지는 듯하더니 남자의 목소리가 들렸다.

─누구야!

"야, 이 새끼야! 잠 좀 자자! 지금 몇 시인데 지랄이야!"

"헐?"

노형진의 생각지도 못한 모습에 손예은은 깜짝 놀랐다. 그녀가 알고 있는 노형진은 날카로우면서도 신사적인 사람이었다. 그런데 지금 보인 모습은 누가 봐도 싸가지 없는 동네 주민이었다.

─뭐라고?

"입 좀 닥치라고, 이 새끼야! 지금이 몇 시인데 이 지랄이야! 잠 좀 자자!"

─네놈이 뭔데 상관이야, 이 새끼야!

"상관있다, 이 새끼야! 경찰 한 번 더 부를까?"

─네가 경찰 불렀냐!

"그래, 불렀다, 이 새끼야! 너희 한번 소음으로 고소 처먹어 볼래?"

─이 새끼가 어디서 지랄이야!

"지랄이 아니라 잠 좀 자자고! 변호사 데리고 올까? 응?"

갑자기 침묵을 지키는 인터폰.

─알았어! 조용히 하면 되잖아, 이 새끼야!

그렇게 끊어지는 인터폰. 그리고 그걸로 아이의 울음소리
는 그쳤다.

"일단은 오늘은 멈췄습니다."

"아니, 경찰이 뭐라고 할 때는 계속하더니."

노형진은 주변을 가리켰다.

"주변을 보세요."

"네?"

"주변을 보시라고요. 이 집보다 작은 집이 있나."

"아……."

이쪽은 누가 봐도 부자 동네다. 으리으리한 집들이 즐비한
그런 동네.

"당연히 이쪽에 사는 사람들은 가진 사람들입니다. 이 집
에 사는 사람들도 당연히 그런 사람일 겁니다. 그러니 경찰
이 무서울 리 없지요. 경찰은 그들에게 힘이 없으니까요."

영장이 없는 이상 그들이 들어오지 말라고 하면 들어가지
못하는 것이 경찰이다.

"하지만 다른 집 주민은 아니죠."

그들은 힘이 있는 사람들이다. 당연히 저쪽에서 싸우려고 한다면 싸우지 못할 이유가 없다.

"그리고 이쪽에서 변호사를 끼고 들어간다면 자신들이 불리해지는 약점이 있습니다."

"아이군요."

"네."

만일 그러다가 아동 학대가 발각되면 일이 커진다. 당연히 물러날 수밖에 없다.

"아동 학대범들의 공통적인 특징이 바로 강자에게 약하고 약자에게 강한 타입이라는 겁니다."

노형진은 그 점을 노렸다. 마치 주변 사람인 것처럼 움직이자 약점이 있는 그들은 아이를 때리는 것을 일단 멈춘 것이다.

"음......."

손예은은 충격을 먹었다. 지금까지 이런 식으로 막을 수 있다는 것은 생각도 못했기 때문이다. 아니, 애초에 청계라면 아동 학대가 걸리지 않는 방법을 알려 주지, 그걸 막을 생각을 하지 않았을 것이다.

"결국은 말입니다, 파워의 문제죠."

노형진은 이제는 조용해진 집을 바라보았다. 아마도 오늘은 더 이상 학대가 없을 것이다.

"그럼 이제 어찌해야 하죠? 이게 끝인가요?"

"아니요, 그럴 리가 있겠습니까? 애초에 저한테 가지고 온 건 그냥 찾는 거 보려는 목적이 아니잖아요?"

왠지 어색한 얼굴이 되는 손예은이었다.

⚖

"출발했군요."

아이가 집에서 나가자 두 사람은 바로 움직이기 시작했다. 최소한 아이가 학교에 있는 시간은 안전하다. 그렇다면 그 시간 안에 움직여야만 한다.

"이 주변에 물어보나요?"

"의미 없을 겁니다. 부자촌이잖습니까? 서로 관심이나 있겠어요?"

당장 노형진이 어제 그렇게 지랄발광을 했어도 목소리도 몰랐고 어디서 왔느냐고 물어보지도 않았다.

"아마도 주변에 물어봐도 이 집에 대해서는 아는 사람이 없을 거예요."

노형진은 슬쩍 편하게 말했지만 손예은은 아직 모르는 듯했다.

"그럼요? 이제 어쩌죠?"

정식 수임이 아닌 이상 저들의 개인 정보를 알아내는 것은 힘든 일이다.

"그래, 우리 새론에는 정보 팀이 있지요. 후후후."

그리고 주소가 있는 이상 그들에 대해서 알아내는 것은 어려운 일이 아니었다.

"고 최창식의 집으로 되어 있습니다."

"고 최창식?"

노형진은 고문학의 말에 얼굴을 찌푸렸다. 고문학이 살아 있는 사람 이름 앞에 '고'라는 단어를 붙일 리 없다.

"죽었다는 겁니까?"

"네."

"그럼 어제 그 인간은 누구죠?"

손예은은 어젯밤의 기억을 더듬다가 다시 물어볼 수밖에 없었다. 분명 그 너머에서 남자의 목소리가 들렸기 때문이다.

"흠……."

노형진도 분명 기억한다. 그가 지랄했을 때 그에 대구한 건 남자였다.

"어째서?"

"남자를 끌어들였군요. 사망 시점이 얼마나 되었습니까?"

"6개월 전입니다. 기록에 따르면 1남 1녀의 자녀를 두고 있으며……."

"네? 잠깐만요."

그 부분에서 노형진조차도 당황할 수밖에 없었다. 1남 1녀라는 것은 아이가 한 명 더 있다는 뜻이기 때문이다. 그런데 노형진과 손예은이 본 것은 고작 남자아이 한 명뿐이었다.

"거기는 남자아이 한 명뿐인데요?"

"그럴 겁니다. 누나가 얼마 전에 죽은 걸로 되어 있습니다. 2개월 전에요."

"네?"

2개월 전이라면 얼마 되지도 않은 시점이었다. 상식적으로 2개월 전에 아이가 죽었다면 그런 미친 듯한 폭행은 있을 수가 없다.

"병은 아니겠군요. 교통사고도 아닐 테고. 혹시 계단에서 구르지 않았답니까? 그리고 시체는 화장했고요."

그 말을 들은 고문학의 오른쪽 눈썹이 살짝 올라갔다.

"아시는 사건인가요?"

"아니요."

"그런데 어떻게?"

"너무 당연한 패턴이라서요."

"패턴?"

"네."

학대가 계속되면 사람은 죽을 수밖에 없다. 병이 아니라면 결국 교통사고 같은 것이 원인이 된다. 그런데 그런 게 아니라 집 안에서 갑자기 죽었다고 하면 그걸 합리화할 다른 방법이 마땅한 게 없다.

"제일 만만하게 계단에서 구르는 거죠."

그래야 온몸에 난 멍을 설명할 수 있으니까.

물론 정식으로 해부하면 알 수 있겠지만 부모가 거부하는데 현행법상 명확한 타살의 증거가 없는 이상에야 해부하는 것은 불가능하다.

"그리고 화장하는 건 당연하죠."

원래 한국 문화에서 부모보다 먼저 죽은 자식은 화장하는 것이 보통이다. 하물며 범죄로 인해 죽었다면 그 증거를 없애기 위해 화장하려고 한다.

"크흠…… 너무 정확해서 할 말이 없군요."

"그럴 겁니다."

형진의 생각에 먼저 죽은 그 아이의 사인은 사고가 아닐 가능성이 높다. 아니, 사고일 수가 없다.

"하지만 노 변호사님."

"네?"

"이 사건은 우리가 수임한 사건이 아닙니다."

고문학은 정곡을 찔렀다. 그리고 손예은도 움찔했다. 자신이 해결하자고 한 건 사실이지만 이 문제가 이렇게 오래갈 거라 생각하지 못했기 때문이다.

"그렇긴 하죠."

노형진은 곰곰이 생각에 빠졌다. 그리고 한참 지나서 입을 열었다.

"길은 만들면 됩니다."

"길을 만들면 된다니요?"

"혹시 최창식 씨의 사인이 뭔가요?"

"교통사고입니다."

노형진은 고개를 끄덕거렸다.

"갑작스럽게 죽은 거군요."

"네."

이건 도무지 방법이 없어 보였다. 무엇보다도 자신들이 담당한 사건이 아니다. 그리고 경찰에 신고해도 제대로 처리조차 되지 않는다. 아이가 죽었다는 증거라도 있으면 모르겠지만 이미 한 아이는 죽어서 화장까지 했다.

"이런 말 하긴 그렇지만 자식을 키우는 입장에서 답답하군요. 방법이 없겠습니까, 노 변호사님?"

고문학은 남은 아이의 안위가 걱정되는 모양이다. 집에 가서 지랄 발광을 하면 눈치를 보느라 아이를 괴롭히지는 못하지만 그걸 매일같이 할 수는 없는 노릇이다.

"방법이 없는 건 아닙니다만……."

노형진은 가만히 머릿속을 가다듬었다. 이건 극도로 까다로운 사건이었다.

'단순 아동 폭행이면 좋았을 텐데 말이지.'

그런 거라면 경찰에 신고하면 그쪽에서 알아서 한다. 하지만 상대방은 경찰의 권한을 무시할 정도로 돈이 있다.

'그렇다면 그 돈을 없애면 된다.'

노형진은 눈을 감고 탁자를 톡톡 두들기다가 눈을 떴다.

"이번 사건, 제가 해결하지요. 그리고 손 변호사는 제대로 배워야 할 겁니다. 당신이 하겠다고 한 이상 그 책임은 당신 자신이 지는 것이니까요."

손예은은 무표정하게 노형진을 바라볼 뿐이었다.

⚖

사람이 분노하게 되면 극한의 감정을 드러낸다. 그리고 세 사람은 그 분노의 감정을 삭이지 못하고 있었다.

"이게 사실인가?"

"네."

노형진은 두 노인을 보면서 고개를 끄덕거렸다. 그리고 그 옆에 있는 젊은 여자는 눈물을 쏟았다.

"우리 조카들 불쌍해서 어떡해. 흑흑."

그들은 죽은 최창식의 부모와 여동생이었다.

"우리 손주가 이렇게 살고 있다고?"

"네."

"……."

그들은 분노했다. 자신의 친자식을 괴롭힌 며느리에게 그리고 그걸 몰랐던 자신들에게.

"내 이년을!"

당장 뛰어나갈 듯 분노하는 최창식의 아버지 최갑환. 노형
진은 그런 그를 진정시켰다.

"이대로 가서 화내면 타초경사의 우를 범하는 겁니다."

"타초경사? 타초경사라니! 지금 상황이 그럴 상황인가! 지
금 이 순간에도 아이가 학대당하고 있는데!"

"그렇기 때문에 진정하시라는 겁니다. 결국 해 봐야 경찰
에 신고하는 것뿐인데 제가 경찰에 신고해 보지 않은 것 같
습니까?"

노형진은 경찰에 신고했을 때 벌어진 일을 이야기하자 그
말을 들은 최갑환은 부들부들 떨면서 주저앉았다.

"아이를 못 만나게 해서 이상하게 생각했건만."

아들이 죽고 난 후 며느리는 아이를 만나게 하지 못했다.
심지어 첫째 아이가 죽고 장례까지 다 치르고 나서야 아이가
죽은 사실을 알았다. 그래도 이해하려고 했다. 원래 시댁을
좋아하지 않았으니 그럴 수 있다고 말이다. 그런데…….

"그리고 제 생각에는 첫 번째 아이의 죽음은 사고가 아닐
거라고 생각합니다."

"뭐라고?"

"이런 사건들은 패턴이 비슷합니다. 똑같은 일이 계속 반
복되지요. 첫 번째 아이에게 벌어진 일은 두 번째 아이에게

벌어집니다. 그게 아동 학대가 끊이지 않는 원인이지요."

"그걸 알면서 왜 경찰에 신고하지 말라는 말인가!"

최갑환은 진심으로 분노했다. 하지만 노형진은 최대한 담담하게 설명했다, 매몰차게 보일지 모르지만 경찰에 신고하면 그쪽은 경계 태세에 들어갈 것이라고.

"그러면 복수는 불가능합니다. 이런 말씀을 드리는 건 죄송합니다만, 첫 번째 아이의 죽음은 아무런 증거도 없습니다. 경찰에 신고하셔도 기껏해야 아이를 데리고 오는 정도일 겁니다."

이미 첫째 아이는 죽었고 화장까지 했다. 사고라고 우기면 증거가 없었다. 자신들이 죽였다고 인정할 놈들이 아니니까.

"그거면 되네! 다 필요 없어! 그럼 우리 손주가 고통 받는 걸 구경만 하란 말인가!"

"그게 아닙니다. 하지만 그렇게 되면 복수는 누가 해 줍니까?"

"복수?"

"네, 복수 말입니다. 죽어 버린 아이의 복수, 고통 받은 둘째의 복수 그리고 하늘에서 피눈물을 흘리고 있을 아이들 아버지의 복수 말입니다."

빠드득.

복수라는 말에 최갑환의 입에서 이가 갈리는 소리가 났다. 아마도 끓어오르는 분노를 억누르기 위해 이를 악물어서였을 것이다.

"복수해 줄 수 있나?"

"있습니다."

최갑환은 다시 한 번 이를 악물고 자리에 앉았다.

"그렇다고 해서 아이가 학대받는 건 그냥 둘 수 없네."

"압니다. 그래서 그곳에 우리 직원을 배치해 뒀습니다. 저역시 아이의 인생을 망가트리고 싶은 생각은 없습니다."

그쪽에서 비명 소리가 들리면 바로 경찰을 부르고 지랄발광을 하라고 했다. 안 그래도 며칠간 그런 식으로 행동하자 소송을 두려워한 그 둘은 아이에 대해서 손대지 못하고 있는 상황이었다.

"제 말대로 해 주시면 됩니다. 그러면 복수하실 수 있습니다."

"복수……."

최갑환은 이를 빠드득 갈았다.

⚖️

다음 날, 최갑환은 당장 집으로 향했다. 밤새도록 노형진에게 작전에 대한 설명을 들은 후였다. 할머니와 고모는 감정에 휘둘려 도무지 진행할 상황이 아니어서 빠질 수밖에 없었다.

"절대로 흥분하지 마십시오."

"알았네."

최갑환은 애써 마음을 진정시키면서 집으로 향했다. 그리고 벨을 눌렀다.

–누구세요?

그 안에서 들리는 여자의 목소리. 며느리의 목소리였다.

"나다, 시아버지."

–왜 오셨어요?

하지만 인터폰 너머에서 들리는 그녀의 목소리는 반가움은커녕 짜증으로 가득했다.

"영철이 보러 왔다."

–뭐라고요?

그 안에 스며 있는 미미한 공포. 아마도 걸릴 것을 두려워할 것이리라.

"영철이 말이다. 영철이 보러 왔다."

–없어요!

"아까 들어가는 거 봤다."

잠시 침묵이 흐르는 인터폰. 한참이 지나서야 그녀는 입을 열었다.

–지금 자고 있으니까 나중에 오세요.

"넌 시아버지가 오셨는데 문도 안 여냐?"

–어차피 이제 남편이 죽었는데 무슨 관계예요?

"난 영철이 할아비다."

–그거랑 상관없으니까 오지도 말고 전화도 하지 마세요. 이제 관계없는 사이니까 연 끊고 살자고요.

며느리라는 여자는 표독스럽게 말하면서 인터폰을 끊어
버렸다. 최갑환은 분노한 얼굴로 이를 뿌드득 갈았다.

"진정하세요."

"이런…… 개 같은……."

"압니다. 그러니까 진정하시라는 겁니다."

"지금 이게 진정할 일인가?"

"진정할 일입니다. 일단 할아버지가 찾아온다는 사실을
알았으니 더 이상 폭행은 하지 못할 겁니다."

"어째서?"

"저들도 그게 잘못인 걸 아니까요."

아이에게 긴 옷을 입히는 이유가 뭔가? 걸리지 않기 위해
서다. 아이를 내보내지 않는 것도 그리고 누구도 찾아오지
못하는 것도 결국은 아이의 폭행을 걸리지 않기 위해서 그러
는 것이다.

"지금까지는 누구도 아이를 찾지 않았으니 신경도 쓰지 않
았을 겁니다. 하지만 할아버지가 계속 찾아오게 되면 걸리지
않기 위해서라도 학대를 멈출 수밖에 없습니다."

다른 집 사람은 그저 타인이니 경찰이 와도 훈육이라는 핑
계를 대며 돌려보낼 수 있다. 하지만 할아버지는 집안사람이
다. 그냥 훈육이라고 돌려보낼 수 있는 상대가 아닌 것이다.

"며칠만 참으세요. 그러면 모든 문제가 해결될 겁니다."

최갑환은 그저 이를 갈면서 분노를 속으로 삼킬 뿐이었다.

"경찰서에서 나왔습니다."

며칠 뒤, 노형진은 정식으로 법원의 명령을 받아서 경찰을 대동하고 최갑환과 함께 집으로 향했다.

―경찰요?

"네."

경찰이라는 말에 격하게 흔들리는 며느리의 목소리. 설마 진짜로 시아버지가 경찰을 데리고 올 거라고는 생각하지 못한 모양이었다.

―왜 오신 거죠?

"아드님 문제 때문에요."

인터폰이 침묵을 지켰다. 아마도 자신이 저지른 범죄에 대해서 생각하고 있을 것이다.

"아주머니, 문 여세요. 아무리 연 끊어도 법원의 면접권을 막을 수는 없습니다."

―뭐라고요?

"할아버지 되는 분이 아이에 대한 면접권을 법원에서 받으셨어요."

―면접권이라니요?

"쉽게 말해서 아이를 만날 수 있는 권리를 뜻합니다. 아무리 아주머니가 연 끊으시려고 해도 아이는 할아버지 손자이기 때문에 만나는 걸 막지는 못하세요."

－그래요? 알았어요.

결국 마지못해 문을 여는 며느리. 최갑환은 안으로 들어갔다. 그리고 그곳에는 며느리와 자신의 손자가 서 있었다.

"영철아."

그걸 보고 목이 메는 최갑환. 전이라면 할아버지라고 부르면서 달려왔을 아이가 끊임없이 며느리의 눈치를 보면서 움직이지 않았기 때문이다.

"이리 오거라. 할아버지야."

최갑환이 두 손을 벌렸지만 여전히 아이는 움직이지 않았다. 그나마도 엄마가 발로 툭 차자 꾸벅 인사하는 수준이었다.

"안녕하세요."

최갑환은 욱했다. 말하는 것도 아니고 아이를 발로 차다니.

"그래, 잘 지냈느냐?"

최갑환은 애써 울분을 삼키면서 겉으로는 웃는 수밖에 없었다.

⚖

다음 날부터 최갑환은 매일같이 영철이를 찾아갔다. 그리고 그가 갈수록 아이의 안색은 좋아졌고 아이의 엄마인 며느리의 얼굴은 새파랗게 질려 갔다. 스트레스를 풀어야 하는데

풀지 못한다고 생각한 것이다.

"왜 자꾸 오세요?"

"아니, 내가 내 손자 보는 게 그렇게 잘못이냐?"

"제가 불편하잖아요!"

"내가 밥을 달라고 했냐, 술을 달라고 했냐? 아니면 잠을 자기라도 했냐? 애 데려가서 맛있는 것 좀 먹이겠다는 건데 그게 그렇게 잘못이야!"

"애가 싫어하잖아요!"

"싫어해? 뭘 싫어해! 나만 보면 얼굴이 미소로 가득한데. 넌 사진도 안 보냐?"

결국 며느리는 화가 폭발하고 말았다. 매일같이 할아버지가 찾아오니 정부를 데리고 올 수도 없고 스트레스를 풀 방법도 없다.

"솔직히 제가 화가 안 나게 생겼어요? 새파란 애송이 때문에 제 인생이 망가지게 생겼는데?"

"뭐? 애송이?"

"제 나이가 고작 마흔이에요. 그런데 저깟 애새끼 때문에 인생의 대부분을 육아로 보내면서 늙게 생겼는데 기분이 좋겠냐고요. 그런데 그런 상황에서 아버지까지 뻔질나게 오시니 제 기분이 어떻겠어요!"

결국 화가 난 그녀는 자신의 내심을 말하고 말았다. 매일같이 나가서 입 열지 말라고 겁주는 것도 한두 번이다. 더군

이것이 법이다

다나 누가 봐도 아이는 할아버지를 따르고 있었다. 그럴 수밖에 없었다. 매일같이 잘해 주고 먹을 것도 사 주니 말이다. 결정적으로 할아버지가 오면 맞지 않아도 된다는 사실을 알게 되면서 더욱 매달리고 있었다.

"애새끼? 네 자식을 그렇게 말하는 거냐?"

"제가 낳고 싶어서 낳은 자식 아니에요!"

애초에 남편의 돈을 보고 결혼한 여자였다. 그녀는 그저 그 돈을 가지고 평생 쉽게 놀고먹고 싶었다. 그런데 남편 때문에 어쩔 수 없이 아이를 가졌다.

"솔직히 제 인생이 안 불쌍해요?"

"뭐라고!"

최갑환은 진심으로 때릴 뻔했다. 하지만 노형진이 했던 말 때문에 진짜로 이를 악물고 버틸 수 있었다.

─절대로 화내시면 안 됩니다. 저 녀석이 포기하지 않는 이상에는 복수는 꿈도 못 꿉니다.

노형진이 몇 번이나 했던 말이었다. 그래서 최갑환은 올 때마다 몇 번씩 참을 '인' 자를 그려 가면서 이를 악물었다.

"그럼 우리가 키우마."

그러자 드디어 그녀의 본심이 나왔다. 노형진이 말한 그대로였다.

"네?"

"우리가 키우겠단 말이다. 네가 그렇게 키우기 싫다면 우리가 키우겠다."

"아버지가요?"

"그래, 넌 아이 인생에 관심도 없는 것 같으니 우리가 키우는 게 나을 게다."

며느리는 잠시 생각에 잠겼다. 집에만 가면 눈에 보이는 아이들. 그 아이들이 자신의 인생의 족쇄라는 생각에 그녀는 언제나 분노를 참을 수가 없었다. 자신의 나이를 생각하면 아직도 더 좋은 곳에서 더 화려한 삶을 살아갈 수 있다고 생각했다. 그런데 아이들 때문에 그럴 수가 없었다.

"진짜로요?"

"그래, 원하면 공증이라도 하마."

그녀는 벌떡 일어났다.

"쇠뿔도 단김에 빼라고 그럼 바로 하죠."

"뭐?"

"공증하신다면서요?"

설마 이렇게 바로 움직일 거라 생각하지 못했기 때문에 최갑환조차 놀랄 정도였다. 그만큼 그녀는 아이들이 싫었다.

'그 새끼만 없으면.'

자신은 자유로운 영혼이 된다. 그러면 더 좋은, 더 잘난 사람에게 시집갈 수도 있다. 밤일만 잘하는 내연남 따위는 버리고 말이다. 물론 그건 그녀의 꿈일 뿐이지만.

"바로 가요."

최갑환은 고개를 끄덕거렸다.

"그러자꾸나."

"확실하군요."

연락받은 형진은 손예은과 함께 바로 최갑환을 만나러 왔다. 그리고 공증받은 서류를 받아 보고는 미소를 지었다.

"제 말대로 하니 되지 않습니까?"

"이렇게 쉽게 포기할 거라 생각하지 못했네."

최갑환은 우울했다. 저런 걸 며느리라고 생각하고 있었다니.

"아이는요?"

"아내가 데려갔네, 집으로 갔더니 가관도 아니더군."

공증이 끝나자마자 그녀는 아이의 짐을 모조리 집 밖에 내놓았다. 그리고 열쇠 번호와 키도 다른 걸로 바꿨다. 더 이상 시댁에서 들어오지 못하게 만들기 위해서였다.

"아이가 놀랐나요?"

"조금은."

그렇지만 집에 가지 않아도 된다는 말을 하자 놀라면서도 한편으로는 좋아한다고 했다. 더 이상 맞지 않아도 된다는 걸 알아챈 것이다.

"그 망할 년을."

최갑환은 이를 빠드득 갈았다. 하지만 그런 그의 마음과 다르게 손예은은 의문을 가질 수밖에 없었다.

"아이는 구하기는 했네요. 그런데 복수는 어떻게 하신다는 거죠?"

분명 노형진은 복수한다고 했다. 비록 아동 학대라는 사건을 선택하기는 했지만 자신도 복수까지는 생각하지 못했다. 그런데 한술 더 떠서 복수를 하겠다니.

"그거야 이걸로 하는 거죠."

노형진은 손에 들린 공증받은 서류를 흔들었다. 거기에는 '양육권 포기 각서'라고 쓰여 있었다.

"여기에는 그 여자가 사인했죠?"

"네."

"그 여자는 자기 유언장에 사인한 겁니다. 후후후."

노형진은 잔인한 미소로 서류를 바라보면서 중얼거렸다.

⚖️

"뭐라고요?"

며느리인 김숙명은 자신의 귀를 의심했다.

"이 집 못 팔아요."

"아니, 왜요! 내 집인데! 내가 가진 내 집인데!"

사실 그녀는 그 집이 마음에 들지 않았다. 그녀는 살기 편한 아파트가 좋았다. 하지만 그녀의 남편은 아이들이 뛰어놀 수 있는 정원이 있는 곳을 선택했다. 그래서 애들을 쫓아내고 나서 바로 아파트로 가기 위해 집을 내놓으려고 했다. 그런데 부동산 업자가 몇 가지 서류를 확인하더니 못 판다면서 어깨를 으쓱하는 것이 아닌가?

"이거, 판매 금지 가처분 신청이 떨어졌는데요?"

"그게 무슨 말도 안 되는 소리예요? 내 집인데!"

"맞아요. 여기 보세요."

부동산 업자는 컴퓨터 화면을 돌려서 기록을 보여 줬다. 확실히 판매 금지 가처분 신청이 걸려 있었다.

"무슨 말도 안 되는……."

"말이 되든 안 되든 현실이잖습니까? 이런 거 못 팔아요, 우리도."

어깨를 으쓱하는 업자. 김숙명은 화면을 내려서 신청자를 확인했다. 그리고 이를 빠드득 갈았다.

"이 노친네가."

⚖

"야, 이 노친네야! 미쳤어! 미쳤냐고!"

최갑환의 집으로 쳐들어온 김숙명은 말 그대로 다 때려 부술 것처럼 난리를 치고 있었다. 때마침 다음 일을 상담하러 왔던 노형진은 그걸 보고 눈을 찌푸렸다.

"알았나 보군요."

"그럼 어쩌지요?"

"경찰을 부르면 됩니다."

"알겠습니다."

손예은은 묻지도, 따지지도 않았다. 바로 경찰을 불렀고 잠시 후 경찰이 와서는 김숙명과 실랑이하기 시작했다.

"저럴 거라 생각했나?"

"네, 보통 많은 사람들이 착각하는 게 있죠."

누군가 죽으면 그 사람의 재산은 자신의 것이라고 말이다. 그런데 엄밀하게 말하면 아들이자 아버지가 죽는 이런 사건에서는 그가 죽으면 아내의 것이 되지 않는다. 법적으로 직계존속인 사망자의 아버지와 어머니, 형제인 여동생 그리고 자녀인 영철이까지 모두 유산상속의 권한을 가지고 있기 때문이다.

"보통 그걸로 싸우지 않는 것은 어차피 가지고 와야 의미도 없고 아이를 잘 키울 거라 믿기 때문입니다."

부모님은 가지고 와야 죽으면 그 돈이 다시 손자나 손녀에게 간다. 당연히 세금이 이중으로 나가서 가지고 오지 않는다. 그리고 보통은 어머니가 아이들을 알아서 키우기 때문에 아이를 잘 키워 달라고 주변에서 상속권자들이 포기하는 것이다. 물론 요즘은 안 그러는 경우도 많지만.

"그래, 아이를 먼저 빼 오려고 한 건가요?"

"네, 맞습니다. 아이가 그곳에 있는 이상 그 법적인 책임자는 김숙명이니까요. 더군다나 영철이가 가진 지분이 생각보다 많습니다."

아버지가 먼저 죽고 그다음에 누나가 죽었다. 이 경우 아버지의 재산이 누나에게 넘어갔다가 다시 영철이에게 넘어가게 되므로 영철이가 가지는 지분은 생각보다 많아진다. 물론 아무것도 모르는 아이가 그런 걸 신경이나 쓰겠느냐마는.

"만일 아이가 그곳에 있다면 저 여자는 돈을 펑펑 쓰겠지요. 지금처럼 말입니다."

"좋은 생각이군요."

무표정하게 말하는 손예은이지만 속으로는 내심 놀라고 있었다. 아동 학대를 유산 문제로 묶어서 복수할 거라 생각하지 못했기 때문이다.

"아동 학대는 증거를 잡는 게 쉽지 않습니다."

만일 신고했다고 하더라도 보호자인 어머니가 방해하면 수사가 제대로 진행되기 힘들다. 설사 그렇다고 하더라도 아이는 보호자의 말, 아니 명령에 따르기에 그런 일 없다고 하는 경우가 대부분이다.

"하지만 이제는 보호자가 바뀌었죠."

영철이는 며칠간 심리 치료를 하고 상처에 대한 검사도 했다.

"사람에 대한 가혹 행위는 생각보다 많은 흔적을 남깁니다."

특히 영철이는 근육의 여기저기가 섬유화가 진행될 정도로 심했다. 근육의 섬유화란 두들겨 맞은 상태에서 상처가 치유되기 전에 지속적으로 맞아서 근육이 변질되는 것을 말하는데, 그 자체가 바로 학대의 증거라고 할 수 있다.

"지금쯤 병원에서는 증거가 속속 나오고 있겠지요."

"맞네. 지금쯤 그럴 걸세."

아이가 진정된 듯하자 노형진은 최갑환에게 아이에 대한 심리 상담 치료와 더불어서 신체검사를 하라고 했는데 아니나 다를까, 여기저기서 폭행의 흔적이 나왔다.

"아이를 데리고 있었다면 아마도 꼬투리 잡기가 힘들었을 겁니다."

게다가 할아버지 집으로 오면서 더 이상 맞지 않아도 된다는 사실에 안도한 아이가 조금씩 그곳에서 있던 일을 이야기하기 시작했다.

"나오라고, 이 새끼야! 네가 뭔데 내 돈을 내놔라 마라야!"

김숙명은 여전히 발광하고 있었지만 노형진은 그저 그런 그녀를 바라볼 뿐이었다.

딩동.

그 순간 문자의 알림 음이 뜨고 노형진은 그걸 확인하고는 미소를 지었다.

"그러면 가 볼까요?"

"어딜?"

최갑환의 질문에 노형진은 대답 대신 날아온 문자를 확인했다. 그리고 집 바깥으로 나갔다. 막 지랄하고 있던 김숙명은 최갑환을 보자 게거품을 물었다.

"이 개 같은 새끼! 네가 뭔데 내 돈에 욕심을 내!"

튀어 나가려고 하는 사람을 말리는 두 명의 경찰.

"어허, 아줌마, 진정하세요. 진정하시고. 아무리 가족 문제라고 해도 이런 식으로 하시면 곤란해요."

딱 봐도 경찰은 가족 문제라는 이유로 더 이상 끼어들고 싶어 하지 않는 것 같았다.

"아니요, 체포하세요."

"당신은 누구요?"

"최갑환 씨의 변호사입니다."

"변호사라고 해도 남의 가정사를 그렇게 쉽게 말하면 안 되죠."

경찰이 선을 그으면서 빠지려고 하자 노형진은 확실하게 말했다.

"그 여자, 구속영장이 발부된 사람입니다."

"뭐요?"

경찰은 노형진의 말에 깜짝 놀랐다. 물론 놀란 것은 김숙명도 마찬가지였다.

"구속영장이라니?"

"확인해 보세요."

경찰은 김숙명을 바라보았다. 그러자 김숙명은 일이 틀어졌다는 사실을 깨닫고는 주춤주춤 뒤로 물러났다.

"전 그럼 가 볼게요. 집에 가스 불을 켜 둔 것 같네요. 내 정신 좀 봐."

"어허, 잠시만 신분증 좀 봅시다."

경찰은 노형진의 말을 듣고 바로 돌변해서 차로 가려는 그녀를 막았다.

"신분증을 놓고 왔네요. 제가 요즘 깜빡깜빡해서."

애써 상황을 벗어나려고 하는 김숙명. 그런데 노형진의 뒤에서 새로운 목소리가 튀어나왔다.

"주민번호, ○○○○○○-○○○○○○○. 이름, 김숙명. 주소, 서울시 강남구 ○○동 ○○-○○ 아닌가요?"

"헉!"

누군가 김숙명의 신상 명세를 말하면서 다가온 것이다. 그리고 그건 다름 아닌 손예은이었다.

"누구……."

"변호삽니다."

싸늘한 표정을 말하는 그녀의 말에 경찰들은 재빨리 검색을 시작했고 노형진은 슬쩍 그녀에게 물었다.

"그건 또 언제 기억하신 겁니까?"

물론 그녀는 대답하지 않았지만 말이다.

"맞네! 구속영장이야. 뭐야? 죄목이 아동 학대?"

"잠깐만요. 그건 오해가……."

"오해는 법원에 가서 푸시고요."

가정의 문제는 경찰이 나서지 않으려고 하지만 구속영장이 청구된다면 이야기가 전혀 달라진다. 그들은 주저하지 않고 수갑을 꺼내 들었다.

"잠깐! 난 억울해! 이건 가짜야! 거짓말하지 마!"

"거짓말은 당신이 한 거지."

노형진은 그녀를 보면서 말을 끊어 버렸다.

"그리고 그 거짓말의 종말 역시 당신의 책임이고."

"웃기지 마!"

그녀는 발악했지만 이미 나온 구속영장을 막을 방법은 없었다.

자기 목숨은 소중하지?

"으아악! 망할! 망할!"

결국 감추려고 하던 사실이 드러나면서 김숙명은 감옥에 갇히는 신세가 되고 말았다. 그나마 내연남이 보석금을 내준 덕분에 나올 수 있었다.

"빨리 줘. 그거 공금이야."

내연남은 얼굴을 찌푸렸다.

보석금이라는 것은 단순히 몇십만 원이 아니다. 무려 1천 만 원이나 나오는 바람에 그는 어쩔 수 없이 회사 공금에서 일부를 빼돌려서 내는 수밖에 없었다.

"누가 안 준대? 준다고!"

"내가 뭐라고 했나? 아니, 왜 나한테 성질이야?"

"아오, 망할 노친네 같으니! 죽여 버릴 거야, 정말!"

김숙명은 툴툴거리면서 은행으로 향했다. 어찌 되었건 보석금으로 낸 돈이 공금이라고 하니 채워 넣어야 하기 때문이다.

"빨리 줘."

"준다고! 남자가 무슨 말이 그렇게 많아?"

은행으로 간 그녀는 기계에 카드를 넣고 돈을 꺼내려고 했다. 그런데 작동되지 않았다.

"어?"

현금인출기에서는 돈 대신에 이상한 에러 코드와 숫자가 적혀 있는 종이만 나올 뿐이었다.

"왜 그래?"

"아니, 돈이 안 나와."

"어째서?"

"나야 모르지."

"장난치지 말고. 그거 공금이라니까!"

"장난 아냐! 잠깐만 기다려 봐, 창구에 물어보게."

거기 붙어 있는 에러 코드를 알 리 없었던 그녀는 창구에서 한참을 기다려서야 사실을 확인할 수 있었다.

"이건 법원에서 압류가 된 계좌인데요?"

"네?"

"이거 법원에서 압류된 계좌예요."

"아니, 왜요?"

"글쎄요. 그것까지는 저도 알 수가 없네요. 다만 법원에서 압류되었다는 사실만 확인할 수 있어요."

그녀는 기가 막혔다. 계좌가 막혔을 거라 생각하지 못한 것이다.

"그럼 이걸로 해 주세요."

그녀는 다른 카드를 꺼내서 건넸다. 하지만 그걸 확인해 본 직원은 역시나 고개를 흔들었다.

"죄송한데 이것도 묶여 있어요."

"그것도요?"

"네."

"야! 무슨 소리야!"

내연남은 당황했다. 당장 돈을 채워 넣어야 하는데 못 꺼 낸다니?

"잠깐 기다려 봐. 다른 은행에 돈이 있으니 그걸 꺼내 줄 게. 고작 돈 1천만 원을 내가 안 줄 것 같아?"

김숙명은 서둘러 근처에 있는 자신의 다른 거래 은행으로 향했다.

"이게 뭐야!"

자신의 모든 계좌가 묶여 있었기 때문에 도무지 돈을 꺼낼 수가 없었다.

"야! 어떻게 된 거야? 나가면 바로 준다면서?"

"잠깐만. 기다려 봐! 준다고 하잖아!"

그녀는 결국 금융감독원에까지 가고 나서야 이유를 알 수 있었다. 그 이유는 절망적이었다.

"일단 이쪽 계좌는 유산상속 분쟁으로 인한 가압류입니다. 당연히 사용이 불가능하죠. 이쪽은 불법행위로 인한 손해배상이군요. 그리고 이쪽은 양육비에 대한 청구 소송이구요."

"그게 무슨 말씀이세요?"

"쉽게 말해서 모든 계좌가 법원의 명령으로 묶여 있다는 말씀입니다."

김숙명의 정신이 아득해졌다.

"모두 다요?"

"네, 하나도 빠짐없이요."

노형진은 김명숙이 나올 때를 대비해서 조금이라도 죽은 아버지와 관련이 있는 것은 재산 분쟁을 이유로, 그리고 관련이 없는 것은 영철이에 대한 학대를 이유로 민사소송을 걸거나 그 손해배상에 대해서 가압류를 걸거나 영철이에 대한 양육비로 압류를 걸어 버렸다. 양육을 포기했다는 것은 아이를 키우지 않겠다는 뜻이지, 아이와의 모자 관계를 포기한 것은 아니기에 양육비를 내야 하기 때문이다. 애초에 친자 관계 포기 각서가 아니라 양육 포기 각서를 받은 것에는 다그런 이유가 있었던 것이다.

"그럼 돈은요?"

"무슨 돈요?"

"돈이요! 내 돈! 내 돈들!"

그녀가 히스테릭한 모습을 보이자 담당 직원은 얼굴을 찌푸렸다. 하지만 할 말은 없었다.

"아까도 말씀드렸다시피 제가 해 드릴 건 없습니다. 법원에 가서 풀어 달라고 신청하세요. 이유가 없으면 풀어 줄 겁니다."

반대로 말하면 이유가 있으면 풀어 주지 않는다는 뜻이었다.

"내 돈 달라고요! 내 돈!"

"아줌마, 여기는 은행이 아니에요."

"내 돈이야! 그거, 내 돈이라고!"

"아, 진짜 경비! 경비!"

금감원은 은행이 아니다. 서비스에 신경 쓰지 않는다. 하물며 그녀가 미쳐서 발광하기 시작하자 더욱 신경 쓸 리 없었다.

"끌어내. 범죄를 저지른 모양인데 아직도 정신을 못 차린 모양이야."

"네."

"안 돼! 내 돈…… 내 돈……! 제발 내 돈은 안 돼!"

하지만 그녀는 경비의 우악스러운 손길에 이끌려서 건물 바깥으로 나갈 수밖에 없었다.

⚖

"젠장……."

내연남은 하루하루가 등골이 오싹했다. 그럴 수밖에 없는 게 공금을 빼서 보석금을 냈는데 김숙명이 그걸 돌려줄 생각을 하지 않고 있었던 것이다. 심지어 요즘은 자신을 슬슬 피하는 것이 느껴졌다.

"맨날 바쁘다고만 하고."

돈을 달라고 재촉하면 그깟 푼돈 돌려준다고 하면서도 한편으로는 진짜로 돌려줄 생각을 하지 않는다. 그러다 보니 언제 자신의 공금횡령이 드러날까 싶어 매일매일 조마조마해하고 있었다.

"원기옥 씨."

"네? 네!"

그는 자신의 상관이 부르자 깜짝 놀라서 벌떡 일어났다. 그런 그를 보면서 상관은 피식 웃었다.

"뭐야? 뭐 좋은 거라도 보고 있었어?"

"아…… 아닙니다."

"요즘 자주 그러네? 보약이라도 한 재 먹어야 하는 거 아냐?"

"아…… 아닙니다."

하지만 혹시나 공금횡령한 것이 걸릴까 봐 그는 언제나 좌불안석이었다.

"무슨 일인가요?"

"손님이 오셨어."

"손님요?"

"그래, 나가 봐."

"네."

그는 쭈뼛쭈뼛 눈치를 보면서 건물 바깥으로 나갔다. 그런데 그곳에는 낯선 남녀가 서서 기다리고 있었다.

"원기옥 씨?"

"그렇습니다만, 누구신지?"

"반갑습니다. 노형진 변호사입니다. 이쪽은 손예은 변호사입니다."

"네?"

변호사라는 말에 고개를 갸웃하는 원기옥. 노형진은 그런 그를 보면서 빙긋 미소를 지었다.

"영철이의 할아버지 쪽 변호사입니다."

"영철이요?"

거북한 얼굴이 되는 원기옥. 그럴 수밖에 없었다. 자신이 아는 사람이었기 때문이다.

'그걸 방치했으니 양심에 찔릴 수밖에.'

노형진은 그가 그날 밤 집에 있던 내연남이라는 사실을 이미 알아낸 후였다. 그리고 그걸 미끼 삼아서 마지막 쐐기를 박으려고 하고 있는 것이었다.

"모르셨습니까? 지금 김숙명 씨는 영철이와 영철이의 할아버지와 법적 분쟁 중입니다."

"뭐라고요?"

"그걸 알고 보석금을 내주신 걸로 알았는데요? 아닌가요?"

그는 털썩 주저앉았다.

"그게 무슨 말씀입니까? 법적 분쟁이라니요?"

노형진은 그걸 보고 뭔가 있다는 사실을 알았다. 물론 그가 공금횡령을 한 것은 모르지만 그의 얼굴이 질리는 것이나 행동을 봐서는 그 돈이 그의 여유 자금이 아닌 것이 확실했다.

'제대로 물었군. 후후후'

노형진은 솔직히 김숙명이 보석으로 나갔다는 소식에 깜짝 놀랐다. 누군가 꺼내 줄 거라고는 생각도 못 했던 것이다. 그런데 알고 보니 그 내연남이 꺼내 준 것이었다. 그리고 노형진은 그 내연남을 엮기 위해서 이곳으로 온 것이다.

"모르셨나 보군요. 현재 김숙명 씨의 모든 계좌는 동결되었습니다. 재산 분쟁과 영철이에 대한 아동 학대 혐의로 말입니다."

"헉! 그게 무슨 말입니까? 그러면 김숙명에게 재산이 없다는 겁니까?"

"네."

내연남은 사색이 되었다. 그가 그녀를 만난 건 돈 때문이었다. 그런데 그런 돈이 없단다. 아니, 당장 확실하지 않은 돈이 문제가 아니다. 그녀를 꺼내기 위해서 쓴 1천만 원의 돈이 문제였다.

"무슨 일 있었습니까?"

노형진은 모르는 척 천연덕스럽게 물었다.

"아……."

원기옥은 정신이 아득했다. 자신의 모든 미래가 막히는 듯한 느낌이었다. 더 이상 어떻게 할 수도 없는 지독한 암흑 말이다.

"그리고 사전에 조사받으시기 전에 저희도 몇 가지 질문 드리러 온 겁니다."

"아닙니다. 절대 아닙니다. 전 손대지도 않았어요. 그 여자가 한 겁니다. 모두 다요."

노형진은 그저 몇 가지 사실만 물어보러 왔을 뿐인데 그가 생각보다 예민하게 반응한다고 생각했다.

'어쩌면…….'

그렇다는 것은 그가 다른 사람은 모르는 뭔가를 알고 있을 가능성이 높다는 뜻이었다.

'한번 찔러나 볼까? 손해 보는 건 아니니까.'

노형진은 천연덕스럽게 말을 꺼냈다.

"무슨 말씀이십니까?"

"영철이에 대한 거 말입니다. 전 손대지도 않았습니다. 모두 그 여자가 때린 겁니다!"

"전 영철이에 대한 걸 이야기한 게 아닌데요?"

"네?"

"전 영철이가 아니라 먼저 죽은 소미 양의 문제를 이야기한 겁니다."

"소미 문제라니요?"

"소미 양의 살인에 대한 문제 말입니다. 그쪽에서는 기옥 씨가 책임이 있다고 하던데요?"

기옥은 기겁하면서 펄쩍 뛰었다. 가뜩이나 배신감에 치를 떠는 상황이다. 그런데 돈이 없다는 걸 말도 하지 않았을 뿐만 아니라 자신도 엉뚱한 문제에 엮이게 만들고는 잠수를 타더니 급기야 변호사가 회사에 찾아오게 해 버렸다. 전이라면 의심해 볼 만한 문제였지만 연이어 터진 배신행위에 원기옥은 제대로 된 판단을 할 수가 없었다.

"그게 무슨 소리예요! 난 소미한테 손대지도 않았습니다!"

"그쪽은 다르게 말하던데요? 모두 기옥 씨가 하신 거라고 말입니다."

"아닙니다! 소미를 계단으로 집어 던진 건 제가 아니라 그년입니다!"

"진짜인가요? 하지만 그쪽에서는 원기옥 씨가 계단으로 끌고 가서 던져 버렸다고 하던데요?"

원기옥은 미쳐 날뛰고 싶은 기분이었다.

'이년이 결국 날 배신하는구나.'

물론 자신이 애들을 괴롭히는 것을 방치하기는 했다. 하지만 자신이 살인을 저지르다니, 말도 안 된다.

"솔직히 말씀드리면 김숙명 씨는 영철이 사건뿐만 아니라 여러 문제로 최대한 형량을 줄이려고 노력 중입니다. 거짓말 할 수도 있죠."

"맞습니다. 그년이 거짓말하는 겁니다. 소미를 죽이다니요! 그년이 갑자기 자고 있는 애의 머리채를 끌고 가서는 계단에서 밀었단 말입니다!"

"그 말, 사실입니까?"

"네."

"근데 왜 신고하지 않으셨습니까?"

"그……."

그 말을 하던 그는 아차 싶었다. 할 말이 없었기 때문이다.

"어쩌시겠습니까? 제대로 하시겠습니까? 아니면 살인으로 잡혀가실래요?"

"그……게…… 알겠습니다."

결국 원기옥은 고개를 푹 숙일 수밖에 없었다.

⚖

"그렇단 말이지요?"

"네."

내연 관계라는 것은 결국 이 수준이었다. 믿음이 깨지기 시작하자 원기옥은 모든 것을 사실대로 말했다.

'멍청하기는.'

도대체 얼마나 멍청하기에 공금을 횡령해서 범죄자를 빼준단 말인가?

"증언하실 수 있습니까?"

"증언요?"

"네, 그 여자가 죽였다는 증언 말입니다."

"하지만 그래도 제가 방조죄로 잡혀가는 거 아닌가요?"

그는 절망적으로 말했다. 당장 1천만 원을 어디서 구해서 메운다고 해도 결국은 살인 방조로 잡혀가게 된다.

"아니요, 방법이 없는 건 아닙니다."

"없는 건 아니라고요?"

"네, 보석을 다른 말로 뭐라고 하는지 아십니까?"

"그…… 글쎄요?"

"보석보증금이라고 합니다."

"그래서요?"

"보증금이라는 말은 그걸 찾아올 수 있다는 뜻이지요."

"찾아올 수 있다?"

"네."

"그럼 어떻게 되는 겁니까?"

"다시 잡혀 들어가겠지요."

"……!"

원기옥의 눈이 크게 떠졌다. 찾을 수 없다고 생각하고 있었다. 그래서 걸리는 순간 해직은 기본이고 형사처벌도 받을 수 있는 문제였기 때문에 전전긍긍하고 있는데 새로운 활로가 생긴 것이다.

"하지만 그렇게 되면……."

"어차피 누가 먼저 배신한 건지 아시잖습니까?"

먼저 배신한 것은 김숙명이다. 노형진은 그런 식으로 분위기를 몰고 갔다. 사람들은 합리화라는 것이 중요하다. 그리고 그 합리화에 따라서 움직이게 된다.

아나나 다를까, 원기옥은 고개를 끄덕거렸다.

"맞죠. 그년이 먼저 배신했죠."

돈이 없다는 것도 알려 주지 않았고 심지어 변호사비도 카드로 직접 결제했다. 그런데 그걸 말도 안 하고 도망만 다니고 있는 상황.

"하지만……."

하지만 여전히 다른 문제가 있었다. 바로 그가 살인을 신고하지 않았다는 것.

"방조죄로 처벌받으면……."

당연히 자신의 인생은 박살 난다.

"그거 아십니까?"

"뭐를요?"

"신고에 대해서는 딱히 기한이 정해지지 않았다는 사실을요."

"……!"

그 말이 맞다. 딱히 신고에 대한 기한이 정해진 것은 몇 개 없다.

"나중에 양심에 찔려서 신고한 사람을 처벌하지는 않죠, 보통은."

"그럼?"

"직접 신고하시면 됩니다."

노형진은 원기옥을 바라보면서 웃으면서 말했다.

"신고⋯⋯."

자신이 내연녀였던 김숙명. 하지만 자신이 살기 위해서는 그녀를 버려야 한다.

"뭐, 다른 방법이 있다면 그걸 선택하시든가요."

물론 다른 방법이 있을 리 없었다. 만일 그가 신고하지 않는다면 노형진이 그걸로 신고하면 그만이다. 그럼 그는 살인 방조와 은폐 혐의로 처벌받아야 한다.

"선택은 본인이 하는 겁니다."

원기옥은 마음을 결정했다.

⚖

"뭐라고요?"

김숙명은 자신의 변호사에게 들은 소식에 믿을 수가 없었다. 하지만 상대방은 차가운 목소리로 그에게 아까 했던 말을 다시 할 뿐이었다.

"보증금을 내셨던 분이 그걸 찾아가셨습니다. 이제 다시 구속되실 겁니다. 그리고 저희 쪽에 신용 결제하신 카드도 카드사에 연락하셔서 지불정지를 신청하셨습니다. 그래서 저희 계약도 여기까지입니다."

"말도 안 되는 소리예요? 이봐요! 이봐요!"

"더 이상 할 말은 없습니다. 이 소식을 전한 것만으로도 저희 책임은 다한 것 같네요."

"잠시만요, 변호사님!"

하지만 변호사는 매몰차게 전화기를 끊어 버렸고 그 너머로 그저 '뚜……' 하는 통화음만 들릴 뿐이었다.

"이럴 수가……."

김숙명은 자신에게 벌어진 일이 이해가 가지 않았다. 자신에게 남은 건 화려한 생애라고 생각했다. 그런데 실제로는 나락으로 떨어지고 있지 않은가?

"이건 말도 안 돼…….이럴 수는 없는 거야……."

그녀는 황급하게 내연남인 원기옥에게 전화를 걸었다. 몇 번의 신호가 가고 난 후 그 너머에서 들리는 목소리.

─여보세요.

"야! 너, 무슨 짓을 한 거야!"

─무슨 짓?

"지금 방금 변호사한테 전화받았어! 돈 찾아갔다면서! 그게 무슨 뜻이야!"

원기옥은 차갑게 말했다.

−뭐하는 짓이긴. 전부터 해야 하는 일을 하는 중이다.

"뭐?"

−너, 무일푼이라며?

"그……."

김숙명은 당황했다. 자신이 말하지 않은 것을 알고 있었기 때문이다.

"그건 소송에서 이기면 다 꺼낼 수 있는 돈이라고!"

−변호사 이야기는 다르던데?

"뭐?"

−변호사한테 물어보니까 절대 못 이긴다고 하던데?

"누가 그래! 그 미친놈이 갔구나? 그렇지? 그 노친네 편의 변호사가 갔구나! 맞지!"

−맞아.

원기옥은 그다지 부정하지 않았다. 사실 부정할 필요가 없었다. 다 알게 될 사실이니까.

"그거 다 거짓말하는 거야. 이길 수 있어. 그러니까 일단 돈 좀 내줘."

−내가 바보냐?

"뭐?"

−이해 당사자의 변호사를 믿을 만큼 나 바보 아니다. 너

한테 당해서 바보 노릇한 것만으로도 충분하거든? 다른 변호사한테 물어봤다. 그랬더니 못 이긴다고 하더라? 너 알거지 될 거라고 하던데?

"야…… 그거 아니야! 진짜야! 제발 잠깐 내 말 좀 들어 봐!"

하지만 원기옥은 그다지 들어 줄 생각이 없었다.

-미안한데 내가 바빠서 들어 줄 시간이 없겠다. 경찰서에 가야 하거든.

"경찰서?"

-그래, 살인 사건 신고하러.

김숙명은 자신도 모르게 부르르 떨었다. 그가 신고할 만한 살인 사건은 하나뿐이기 때문이다.

"야! 이야기가 다르잖아!"

-이야기가 다르기는 뭘 달라? 누가 먼저 배신했는지 생각해 봐.

"오해야! 자기야, 잠깐만! 내 말을 들어 봐! 오해야! 오해!"

-자기고 나발이고 구역질 나니까 전화하지 마.

원기옥은 가차 없이 전화를 끊어 버렸다. 김숙명은 수화기를 들고 멍하니 서 있을 뿐이었다.

⚖️

"제대로 된 것 같군요."

노형진은 보고를 받은 뒤 고개를 끄덕였다. 그리고 손예은을 바라보았다.

"이 정도면 합격점인가요?"

'합격이라…….'

아무리 생각해도 이건 절대 꿈도 꾸지 못할 일이었다. 아니, 청계의 대표 변호사라고 해도 이렇게 하지는 못했을 것이다. 기껏해야 여자를 감옥에 보내고 그 후에 아이를 구하는 수준?

하지만 노형진은 그렇게 하지 않았다. 아이를 구하고 여자를 감옥에 보낸 정도가 아니라 무일푼에, 믿었던 사람에게서 배신당하게 만들고 마지막에는 감춰져 있던 사건까지 세상으로 드러나게 만들었다.

"손예은 씨의 입장에서 합격점이냐는 겁니다."

손예은은 말할 수가 없었다. 사실 합격을 논하기에는 너무나 완벽하게 끝났다.

'벽을 보는 느낌이야.'

처음에는 당차게 들어왔다. 자신이 그의 스킬을 배워서 이기겠다고. 그래서 그보다 더 유명하고 더 뛰어난 변호사가 되겠다고. 그런데 단 한 번의 사건이지만 손예은은 마치 벽을, 그것도 아주 거대한 벽을 보는 느낌이었다.

'나라면.'

자신이라면 어떻게 했을까? 아마도 경찰에 신고했을 것이다. 그리고 경찰이 제대로 일하지 않는다면서 투덜거릴 것이다. 운 좋게 아이는 구할 수 있을지 모르겠지만 이렇게 완벽하게 범인을 파멸시킬 수는 없었을 것이다.

"일단은요."

"일단은?"

"네."

하지만 그녀는 약한 모습을 보여 주지 않으려고 '일단은.'이라는 단어로 대답했다.

"그래요? 은근히 커트라인이 높네요."

노형진은 그저 웃을 뿐이었다.

"그럼 다음 사건을 처리해야겠네요. 이제 적당한 사건이……."

"으아아악!"

그 순간 바깥에서 들려오는 비명 소리. 노형진은 그 소리를 듣고는 번개같이 뛰어 나갔다. 입구에서 안쪽으로 몇몇 사람들이 도망치는 게 보였는데, 그 뒤로 칼을 든 여자가 들어오고 있었다.

"김숙명?"

"너…… 너……."

"무슨 일입니까?"

노형진은 칼을 보고도 담담하게 말을 꺼냈다. 파르르 떨리는 칼끝을 보아하니 자신도 제대로 통제하지 못하는 게 뻔히 보였기 때문이다.

"왜! 왜 그러는 거야!"

"뭘 말인가요?"

"내가 뭘 잘못했는데! 왜 내 인생을 망치는 건데!"

김숙명은 억울했다. 자신의 인생이 아까웠던 것뿐이다. 그런데 그걸 알아주기는커녕 도리어 자신에게 복수하겠다며 자신의 인생을 파멸시켰다. 이제 다시는 과거로 돌아갈 수 없다.

"뭘 잘못했다고요? 지금 그 말이 나옵니까?"

"내 자식을 내가 몇 대 때린 게 그렇게 잘못이야!"

"잘못입니다. 아주 큰 잘못이지요. 그리고 제가 알기로는 한 명은 죽인 걸로 알고 있는데요?"

"그건 사고였어! 그년이 저항하지만 않았어도……."

그날 자신이 때릴 때 평소에는 저항하지 않던 애가 갑자기 저항했다. 일단 재우기는 했는데 생각해 보니 너무 화가 났다. 그래서 초장에 기를 죽이겠다고 끌어내다가 사고가 난 것뿐이다.

"그 정도는 서로 이해해야 하는 거 아냐?"

"그건 사고가 아니라 살인입니다."

"이미 죽은 년이잖아!"

"그리고 이 사건은 이미 벌어진 거죠. 결국은 똑같은 겁니다. 과거의 일이라고 해서 무조건 용서해야 한다면 세상에 누가 처벌받겠습니까?"

이것이 법이다

노형진은 담담하지만 차가운 시선으로 김숙명을 노려보면서 말했다. 김숙명은 할 말을 잃었다. 모든 것을 다 잃어버리고 이제 힘없이 감옥에 가는 일만 남은 상황에서 복수하러 왔지만 그럴 힘조차도 없었다.

"자, 자, 진정하시고."

남상주가 뒤늦게 나와서 그런 김숙명을 진정시키려고 했다. 하지만 노형진은 손을 내밀어서 그를 말렸다.

"그 칼을 가지고 온 걸 보니 사고라도 치고 싶으신 것 같은데 누구를 찌르실 겁니까?"

주변을 둘러보는 김숙명. 주변에 남은 사람은 없었고 그나마 남은 사람은 누가 봐도 자신이 덤벼 봐야 이길 수 없는 보디가드로 보이는 사람들이었다. 노형진이 미리 준비한 보디가드들은 원래 범죄자가 되어야 했을지도 모를 정도로 약간은 위험한 사람인 만큼 그들의 무표정한 얼굴에는 살기가 넘치고 있었다.

파파팍.

아주 대놓고 3단 봉을 펼치는 그들은 기회만 되면 자신을 흠씬 두들겨 팰 것이 뻔했다.

"어쩌실 겁니까? 한번 해 보시겠습니까?"

노형진의 말에 김숙명은 멍하니 주변을 바라보다가 천천히 칼을 들어 올렸다. 그리고 자신의 목에 들이밀었다.

"당장 소송 취하해. 안 그러면 여기서 콱 죽어 버릴 거야."

"꺄아아악!"

그걸 본 몇몇 여직원들이 비명을 질렀다. 하지만 노형진은 그런 그녀의 행동이 어이없다기보다는 가소로웠다.

"네, 그러세요."

"뭐?"

"그러시라고요. 우리는 신경도 안 쓰니까."

"이런 잔인한……."

"잔인해요? 당신이 한 짓은 잔인하다고 생각하지 않습니까? 그리고 말입니다, 우리한테 자살한다고 겁주는 놈들이 얼마나 될 것 같습니까?"

"……."

"하세요. 안 말려요."

사실 변호사로서 일하다 보면 여러 가지 사건을 처리하게 된다. 그런데 고소당하게 되면 사람들의 패턴은 비슷하다.

일단은 사과한다. 아니, 사과하는 척한다. 하지만 그렇게 될 수 있는 사건이라면 애초에 고소까지 가지 않는다. 결국 사과가 받아들여지지 않는 게 보통이다. 그러면 그다음에 꺼내는 카드는 다름 아닌 가족이다. 누가 아프다. 누구를 챙겨 줘야 한다. 그런 식으로 가족으로 감성 팔이 하면서 어떻게 해서든 형량을 줄이려고 한다.

그런데 그게 안 먹히면 맨 마지막에 하는 것이 다름 아닌 자살한다고 협박하는 것이다. 자신이 자살한다면 평생 죄책

감에 고통스러울 테니 고소를 취하하라고 말이다. 그런데 변호사가 그런 소리를 한두 번 들을 리 없다.

"왜요? 자살하면 우리가 죄책감에 울부짖으면서 그때 용서해야 했다고 술 퍼마시면서 자책할 거라 생각합니까? 아니면 다시는 그러지 말자고 눈물을 흘릴 거라 생각해요? 변하는 건 없습니다. 그냥 우리에게는 우연히 벌어진 찝찝한 일 중 하나일 뿐입니다. 자살? 하고 싶으면 하세요. 안 말립니다."

파르르 떨리는 김숙명의 칼끝.

"자살하려면 하세요. 내가 두 눈 똑바로 뜨고 봐 줄 테니까. 자신의 고통만 고통이고 남의 고통은 고통이 아닌 사람의 죽음은 차라리 축복입니다. 당신의 자살은 세상에 대한 축복이에요. 정부에서도 좋아하겠네요. 교도소에서 들어갈 비용이 줄어서."

"이봐, 노 변호사, 그만해."

남상주는 노형진의 말에 당황해서 말리려고 했다. 하지만 노형진은 도리어 그런 김숙명을 조롱했다.

"남을 죽일 각오는 있으면서 자살할 자신은 없나 봅니다?"

파르르 떨리는 김숙명의 칼끝. 눈물범벅이 되어 가고 있었지만 누구도 동정도, 걱정도 하지 않았다. 사람들의 눈에 가득한 것은 걱정이나 우려가 아닌 진짜로 자살할지에 대한 궁금증뿐.

"흑."

쨍그랑.

결국 바닥에 떨어지는 칼. 노형진은 그런 그녀에게 다가가서 발로 칼을 차서 탁자 아래로 밀어 넣었다.

"수갑."

"네."

그리고 미리 준비된 수갑을 받아서 그녀의 팔에 채웠다.

"경찰 부르세요."

"아…… 알겠습니다."

노형진은 그를 데리고 가서 응접실에 있는 의자에 묶어 놨다. 김숙명은 힘없이 끌려올 뿐이었다. 노형진이 물러나자 우르르 몰려오는 사람들.

"안 죽을 거라는 확신이 있었어요?"

손예은은 방금 벌어진 일이 이해가 가지 않았다. 사무실에까지 칼을 들고 찾아온 인간이다. 그래서 일이 커질 거라 생각했다. 그런데 일이 커지기는커녕 순순히 잡히다니.

"네, 저 여자는 더한 상황에서도 안 죽을 겁니다."

"어째서요?"

"학대범이니까요."

"학대범?"

"학대범은 본래 극단적으로 이기적입니다. 애초에 저 여자가 아이들을 괴롭히고 결국 죽게 만든 이유가 뭐였습니까?"

자신은 아직 미래가 있는데 아이들 때문에 그 미래가 사라진다고 생각해서였다.

"그런 년이 죽어요? 그것도 자살로?"

"……"

노형진은 그런 이기적인 인간들의 방식을 알고 있었다.

그런 놈들은 절대 죽지 않는다. 죽으려고 하지 않는다. 그들은 남을 죽일지언정 자신은 죽지 않으려 한다. 그게 저런 이기적인 인간들의 행동 방식이다.

"저런 사람은 절대 안 죽습니다."

죽이고 싶어도 저런 인간들은 살기 위해 주변 사람을 밟으면서까지 바락바락 살아남는다.

"그리고 저런 녀석 하나 죽는다고 눈을 깜짝하면 그건 변호사로서 자격이 없는 겁니다."

"독하시군요."

"독한 게 아닙니다. 저런 녀석들은 남의 피눈물을 먹고 자라납니다. 이제는 자신이 피눈물을 흘릴 차례가 되었을 뿐이지요."

노형진은 정신이 나간 채로 멍하니 있는 김숙명을 바라보면서 피식 웃었다.

"그 피눈물은 평생을 흘려도 부족할 겁니다."

그렇게 말하면서 바라본 김숙명은 그저 혼이 나간 것처럼 멍하니 앉아 있을 뿐이었다.

능력의 개방

"그래요?"

"네."

손예은은 이야기를 듣고는 고개를 끄덕거렸다.

"네, 그런데 담당 변호사도 아닌데 관심을 가지시네요."

"확인차 연락드린 겁니다."

손예은은 감옥에서 김숙명의 상황에 대해서 문의했고 그쪽에서는 그녀의 상황을 알려 줬다.

그쪽 말에 따르면 별의별 괴롭힘을 당하면서도 이를 악물고 버티고 있다고 한다. 머리채를 붙잡히기도 했고 두들겨 맞기도 하면서도 악착같이 버티고 있다고 한다. 노형진의 말대로였다. 그녀는 악착같이 버티면서 살아가고 있는 것이다.

"감사합니다."

사실을 확인한 손예은은 바깥으로 나왔다. 뜨거운 태양이 그런 그녀를 덥게 만들었지만 표정에는 변화가 없었다. 생각에 잠겨 있었기 때문이다.

'도무지 대책이 안 선다.'

처음에는 그저 법적으로 공부만 잘하면 될 거라 생각했다. 하지만 그 사건으로 그녀는 노형진과 자신의 차이를 알 수가 있었다. 그건 다름 아닌 접근 방식.

자신은 법적으로 접근한다. 사실 모든 변호사들이 그럴 것이다. 하지만 노형진은 다르다. 그는 법적으로 접근하는 것만이 아니라 심리적으로도 접근한다. 법이라는 기반 위에 심리라는 기둥을 세우고 처벌이라는 집을 완성한다. 단순히 법 위에서 그리고 법 안에서 모든 것을 해결하려고 하는 다른 변호사들은 흉내도 낼 수 없는 방식.

'결국 다른 공부를 해야 하나.'

아무리 법을 공부한다고 해도 이건 넘어설 수가 없다. 법에 정통한 사람들은 많다. 자신 같은 초년생 변호사는 아무리 공부해도 그걸 뛰어넘을 수는 없다.

'그럼…… 심리학을 공부해? 하지만 제대로 가르쳐 주는 곳이 없잖아?'

물론 범죄심리학이니 하는 학문이 있기는 하지만 교양 수준으로 알려 주는 거지, 이렇게 범죄자들의 내심을 파악할 정도는 못 된다. 그런 사람이 되려면 단순히 범죄심리학을 공부하는 것이 아닌 프로파일링을 해야 할 것이다.

'어려운 일이야.'

한 번은 노형진을 이기겠다는 목표. 그런데 그게 가능한지조차 보이지 않는다.

'그래, 일단은 신경 쓰지 말자. 언젠가 이길 수 있겠지.'

당장 노형진을 이길 수 있다는 생각은 하지 않기로 한 손예은이었다. 괴물이라고 불리는 데에는 다 이유가 있는 법이니까.

"응."

그녀는 몸을 돌려서 사무실로 향했다. 어차피 여기서 할 것은 없으니까. 당장 하나라도 더 배워 볼 생각에서였다. 그런데 사무실로 들어가기 전 한 아이가 왔다 갔다 하면서 서 있는 것이 보였다.

"저 아이는?"

분명 아침에 자신이 나올 때에도 있었던 아이였다. 그런데 이 시간에 여기서 뭘 한단 말인가? 아침에 나온 게 10시경. 지금 시간이 오후 4시 30분이니까 못해도 여섯 시간은 저 앞에 있었다는 뜻이다.

'무슨 일 있나?'

보아하니 일을 맡기고 싶은데 방법이 없어서 고민하는 모양이었다. 사실 딱 봐도 여고생으로 보이는데 변호사 사무실에 일을 맡긴다는 것은 쉬운 일이 아니다. 어린 경우 대부분

무시하는 데다가 사건이 중하지 않은 경우에는 타박해서 쫓아내기도 하니까.

'흠.'

다른 변호사들은 무심하게 그 아이를 스쳐 지나갔다. 하지만 손예은은 뭔가 걸리는 게 있는지 그 아이를 보다가 다가가서 입을 열었다.

"무슨 일이 있니?"

"네?"

"아니, 아까부터 이 앞에서 계속 서 있어서."

"아…… 아니, 그게요. 저기, 그러니까…….”

뭔가 말하려는 것 같은데 하지 못하는 아이.

"걱정하지 말고 말해 보렴. 난 변호사란다."

"변호사세요?"

"그래."

손예은의 말에 소녀는 잠시 침묵을 지키다가 힘겹게 입을 열었다.

"사실은요…… 의심스러운 사건이 있는데 아무도 안 받아 줘요."

"사건?"

"네."

"그런 건 변호사가 아니라 경찰서로 가야지."

"갔다 왔지요. 그런데 말도 안 되는 소리 하지 말라고 접

수도 안 해 줬어요."

"접수도?"

"네."

그렇다면 말도 안 되는 소리를 했다는 뜻이다.

'장난일까?'

하지만 장난치고는 뭔가 이상하다. 당장 장난이라고 하기에는 무려 여섯 시간을 넘게 이 땡볕 아래에서 기다리고 있었다. 더군다나 그 아이의 얼굴은 장난이라고 보기 힘들 정도로 절박했다.

"다른 변호사 사무실에도 가 봤는데……."

"그런데?"

"돈이 부족해서……."

지갑에서 꼬깃꼬깃한 돈을 꺼내는 소녀. 제법 두툼하기는 했지만 그다지 많은 돈은 아니었다. 대략 120만 원 정도. 그 정도면 새론의 수임료조차도 안 되는 돈이다.

"그런데 갔던 변호사 사무실에서 일하던 언니가 그러시더라고요. 진짜로 이상하면 새론 쪽으로 가라고. 그쪽은 그런 사건은 대룡에서 비용을 내줘서 그런 사건을 받아 주기도 한다고."

"아, 그렇기는 하지."

새론이 다른 변호사 사무실과 다른 것. 그것은 진짜로 절박한 사람들에게는 대룡의 지원을 받아서 소송을 진행한다는 것이다.

"부모님은 뭐라고 하시는데?"

"쓸데없는 짓 하지 말라고."

"그래?"

"네."

손예은은 잠시 고민했다. 주변에 어른들이 다 이상하게 생각하는 걸 보면 제대로 된 사건이 아닐지도 모른다. 어쩌면 억울한 마음에 그저 온 아이들의 치기일 수도 있다.

"일단 이야기나 들어 보자꾸나."

손예은은 아이를 데리고 안으로 들어갔고 그곳에서 아이의 이야기를 들을 수 있었다.

"우리 할아버지가 이상해서요."

"할아버지?"

"네."

그녀의 말에 따르면 자신의 아버지가 모시던 할아버지를 큰집에서 모시겠다면서 모시고 갔다고 한다. 그 후에 할아버지의 건강이 좋지 않아졌다고 하면서 요양 병원에 넣었는데 점점 안 좋아지신다는 것이다.

"그거야 당연한 거 아니니?"

흔한 일이다. 모시고 있다가 할아버지나 할머니의 건강이 좋아지지 않으면 병원에 넣는 사람들은 많다. 현대는 매일같이 일해야 하는 시대다. 누군가 남아서 돌볼 수가 없기 때문이다.

"알아요. 그런데 제가 할아버지랑 친해서 자주 가거든요. 그런데 갈 때마다 느끼는 게 점점 몸이 안 좋아지시는 거예요."

"그거야 당연한 거잖니. 사람이 몸이 안 좋으니까 병원에 입원시키는 거고."

"알아요. 그러니까 이상한 거죠. 병원인데."

"할아버지 나이가 얼마신데?"

"88세요."

그러면 더 안 좋아질 만한 나이다. 손예은은 약간은 실망했다.

'그냥 아이의 치기 어린 의심이었나?'

그럴 수도 있다. 하지만 뭔지 모를 느낌이 손예은을 건드리고 있었다. 아이의 눈빛은 단순히 의심하는 것이 아닌 뭔가를 두려워하는 눈빛이었다.

"혹시 아는 게 있니?"

"네, 소문인데요."

"무슨 소문?"

"그 병원에 들어가서 살아서 나온 사람이 없다고……."

"그럴 수밖에 없지 않니."

사람이 치료받으려고 가는 곳이 아닌 입원해서 마지막을 준비하기 위해서 가는 곳이다. 그런데 그런 곳에 멀쩡하게 퇴원할 가능성이 얼마나 되겠는가?

"그런가요?"

"그래."

손예은은 뭔가 기대한 자신이 실망스러워졌다.

'내면을 살피는 변호사라…….'

그건 어쩌면 허황된 꿈일지도 모른다.

'아니다. 그래도 한번 물어보자.'

"하지만 일단 다른 변호사한테 물어보는 게 좋을 것 같네."

"다른 변호사님요?"

"그래."

사실 그 아이는 어딜 가서나 그런 이야기를 하고 나서 비웃음만 받았다. 그러니 진심으로 들어 준다는 것만으로도 무척이나 고맙게 느껴졌다.

"가 보자."

"네."

손예은은 그 아이를 데리고 노형진의 방으로 갔다.

"노 변호사님."

"네, 들어오세요."

노형진은 그들을 보고는 고개를 갸웃했다. 손예은이 무표정한 얼굴로 문 앞에 있는 거야 한두 번이 아니라지만 그녀의 손에 다른 사람의 손이 잡혀 있는 것은 처음 있는 일이었기 때문이다.

"노 변호사님."

"네?"

"문의드릴 게 있습니다."

"무슨 일이죠?"

"이 아이가 이상한 일이 있다는데 좀 들어 주셨으면 합니다."

"그러지요. 마침 바쁜 일은 끝났으니까. 안으로 들어오세요."

노형진은 그들을 안으로 들여보냈고 그 후에 자리를 권하면서 차를 마시기 시작했다.

"그래, 무슨 이야기를 하려고 오신 거죠?"

"저…… 그게."

"아까 나한테 했던 말을 그대로 하면 돼. 이분도 그렇게 무시하는 사람이 아니야."

"사실은요."

결국 소녀는 자신이 생각하는 이상한 점을 이야기했다. 그러나 이야기를 다 들은 노형진은 고개를 갸웃했다.

"딱히 이상한 것은 없는데요?"

"그런가요?"

"네."

"그렇군요."

노형진은 그 말을 듣고 무심하게 넘어가려고 했다. 하지만 약간은 실망한 듯한 얼굴로 있는 손예은을 보고 조금 더 말을 꺼냈다.

"뭐가 이상했습니까?"

"네."

"뭐가요?"

"글쎄요."

무표정하게 말하는 그녀를 보면서 노형진은 고개를 끄덕거렸다.

"하긴 세상에 이상한 일은 많지요."

노형진은 자신의 기억을 더듬었다. 하지만 아무리 생각해도 그런 유의 사건은 없었다.

'병원이라.'

그런데 뭐랄까? 자신도 뭔지 모를 찜찜한 기분을 느끼고 있었다.

'병원…… 병원…….'

자신이 기억하는 사건은 아니다. 하지만 병원이라는 말은 영 찜찜했다.

'그러고 보니 한국에서는 없던 일이지만.'

가끔 미국에서는 죽음의 천사라는 이름으로 사건이 터지기는 한다. 왜 죽음의 천사냐 하면 그들의 직업이 간호사이기 때문이다. 그런데 그들은 사람을 죽여 보고 싶다거나 그들이 고통 받는 것을 원하지 않는다는 식으로 말하면서 사람을 죽여 대고는 했다.

'그러고 보니 한국은 그런 사건이 없었지?'

생각해 보면 미국에서 적지 않게 벌어지는 일이 훨씬 스트레스가 심한 한국에서 벌어지지 않는 건 이상한 일이다. 더군다나 이런 죽음의 천사 사건은 병원이라는 공간에서 아픈 사람을 대상으로 벌어지기 때문에 더욱 찾기 힘들다.

"그에 관해서 할아버지가 뭔가를 말한 적은 없니?"

"없어요."

"그래?"

"네, 다만 배가 고프시다고."

"배가 고프시다고?"

"네, 식사를 많이 못하시거든요."

"흠……."

아무래도 그것이 저 소녀의 불안을 자극하는 모양이었다. 그리고 그것에 손예은이 반응할 걸지도 몰랐다.

"그러면 이렇게 하는 건 어떨까?"

"어떻게요?"

"우리가 가서 그곳에서 이야기를 들어 보는 거야. 뭔가 이상하다면 우리한테 이야기해 주시겠지."

"그래 주실래요? 하지만…… 돈이……."

"걱정하지 마라. 그 정도 시간은 낼 수 있으니까."

솔직히 자신의 찜찜함을 없애기 위해서 가는 것이지만 그걸 굳이 말할 이유는 없었다.

"그곳에 가서 이야기해 보자. 그러면 뭔가 알 수 있겠지."

⚖

"여기라고?"

"네."

경기도권 시내에서 좀 벗어난 병원. 그곳을 보면서 노형진은 얼굴을 찌푸렸다.

"여기가 요양 병원이야?"

"네."

"정신병원이잖아?"

"아래층은 정신병원, 위쪽은 요양 병원으로 쓴다고 하더라고요."

확실히 그게 돈이 되기는 한다. 노형진은 고개를 끄덕거리면서 안으로 들어갔다.

"무슨 일인가요?"

"여기 윤미선 양의 할아버지인 윤상준 씨를 찾아왔습니다."

"누구신데요?"

"변호삽니다."

노형진은 무심결에 말했는데 그 말을 들은 간호사의 눈치가 이상했다.

"네? 변호사요? 변호사가 여기를 왜 와요?"

"여기에 못 올 곳도 아니잖습니까?"

"올 이유도 없죠. 사전에 연락도 없었잖습니까?"

'응? 뭐지?'

물론 이런 곳이 낯선 사람을 꺼리는 것은 흔하게 있는 일이지만 그의 행동은 꺼린다기보다는 경계하는 것으로 느껴졌다.

'뭐지?'

노형진은 한번 느껴 본 느낌이었다. 간호사가 자신을 그렇게 경계하는 것을 말이다. 그리고 곰곰이 생각하다가 그런 걸 느낀 사건을 떠올렸다.

'그때 그 정신병원에서였잖아?'

분명 부자들의 재산권 분쟁을 두고 싸울 때 그들을 가뒀던 정신병원의 간호사들이 그런 느낌을 줬다.

'하지만 여기는 그런 곳도 아닌데?'

그때 이후 노형진과 새론이 구조한 전국의 많은 부자들은 노형진의 강력한 힘이 되어 주고 있다. 그런데 그때 이런 정신병원에 감금되었던 사람이 있다는 건 듣지도 못했다.

"무슨 말씀이신지요?"

"아니, 변호사가 왜 연락도 없이 오느냐 말입니다."

"내가 어딜 가든 그건 당신이 알 바 아니죠. 다만 법률적 대리인이자 조언자로서 권리를 행사할 뿐이지."

"잠시만요. 의사 선생님한테 한번 물어볼게요."

"아니, 왜요?"

"왜라니요?"

"여기는 병원이기는 하지만 중환자 병동은 아닐 텐데요? 그런데 무슨 권리로 가족이 환자를 만나지 못하게 하는 거죠?"

"당신은 뭐요?"

"저도 변호삽니다."

손예은의 말에 간호사의 얼굴이 새파랗게 질렸다. 변호사가 두 명이나 온 이상 일이 커진 거라 생각했기 때문이다. 물론 노형진과 손예은은 그저 찝찝함을 없애기 위해서 온 것이지만.

'뭔가 있어.'

이대로 돌아가기에는 그 뭔가가 작은 게 아닐 것 같다는 생각에 노형진은 문을 잡았다.

"문을 열어 줄 거요? 아니면 경찰을 부를까요?"

"음…… 잠시만요."

그럼에도 불구하고 한참 뭉기적거린 간호사는 제법 오랜 시간이 지나고 나서야 드디어 문을 열어 줬고 노형진은 그 안으로 들어가면서 얼굴을 찌푸렸다.

"냄새가 심하군요."

"아무래도 노인들이 똥오줌을 못 가리니까요."

"그거야 그렇지만."

노형진은 안으로 들어가면서 고개를 갸웃했다. 물론 그건 맞다. 하지만 여기 있는 노인들의 모습은 다른 곳과는 좀 달라 보였다.

"할아버지!"

윤미선의 안내를 받아서 안으로 들어간 노형진은 침대에 누워 있는 노인을 발견했다. 앙상하게 마른 뼈. 정신이 혼미

해 보이는 눈.

"누구……니?"

"저예요, 미선이."

"아이고…… 내 손녀 왔어…… 콜록콜록."

말하고 있긴 하지만 아무리 봐도 제대로 말할 수 있는 상황이 아닌 듯했다.

"할아버지, 여기 변호사들이 몇 가지 질문을 한대요."

"어르신, 제 말이 들리시나요?"

"그렇기는 한데…… 콜록콜록."

말은 알아들을 수 있는 것 같기는 한데 제대로 말하는 게 힘들어 보였다.

'할 수 없지.'

노형진은 간만에 사이코메트리로 기억을 읽기로 했다. 요 근래 많이 쓰지는 않았지만 이런 경우는 어쩔 수 없이 써야 하기 때문이다.

"어르신, 제가 질문할 테니 말씀하세요. 손녀분에게 매일 배고프다고 하시다면서요? 여기서 밥 잘 안 주나요?"

그렇게 노형진은 할아버지의 기억을 유도해 읽어 내기 위해 몸을 최대한 할아버지에게 기대고 질문을 던졌다. 그러자 그 순간 그의 머릿속으로 일시에 파고드는 수많은 기억들.

충격을 감당할 수 없던 노형진은 눈을 까뒤집으며 그대로 쓰러졌다.

"노 변호사님!"

"변호사 아저씨!"

두 여자의 비명이 사방에 울려 퍼졌다.

$$\scriptsize ⚖$$

"으윽."

노형진은 힘겹게 눈을 떴다. 온몸의 힘이 쭉 빠져 몸이 절로 덜덜 떨렸다.

"노 변호사!"

"노 변호사님!"

노형진이 눈을 뜨자 다가오는 사람들. 그중에는 송정한과 이은영 변호사도 있었다.

"여기는?"

"병원일세."

"병원요?"

"그래, 자네가 갑자기 쓰러져서 여기로 왔네. 벌써 사흘간이나 기절해 있었어."

"사흘……."

노형진은 주변을 둘러보았다.

하얀 천장과 깨끗한 침대.

보아하니 대학 병원의 1인실인 듯했다.

"대학 병원인가요?"

"그래. 도대체 무슨 일인가? 어떻게 된 거야?"

"그냥…… 몸이 안 좋았나 봅니다. 손예은 변호사는요?"

"안 그래도 집에 안 가겠다는 걸 간신히 보냈네."

손예은은 자신이 가지고 온 사건 때문에 이런 일이 벌어졌다고 생각했는지 아무런 말도 하지 않았지만 일이 끝나고 나서도 계속 여기 있으려고 했다. 그래서 송정한이 애써 보낸 것이다.

"그렇군요……."

"아니, 도대체 무슨 일이 벌어진 건가? 요즘 그래도 여유가 있었잖아?"

전에는 일이 미친 듯이 많았지만 요즘은 그 정도는 아니다. 속속 생긴 지점들이 지방들의 사건을 소화해 주고 있었기 때문이다. 사건 자체의 문제만이 아니라 그 사건을 하기 위해서 움직이는 시간도 적지 않기 때문에 사건이 절반으로 나뉘면 사실상 시간이 훨씬 더 남는 편이었다.

"그게……."

노형진은 말하지 못했다. 아니, 할 수가 없었다.

"일단 무슨 일이 있는지 모르지만 당분간은 일하지 말게."

"안 됩니다. 바로 움직여야 합니다."

"무슨 말도 안 되는 소리인가! 자네는 사흘간이나 기절해 있었어! 근데 병원에서는 아무런 이상도 없다고 했단 말일세."

"그건……."

"일하지 말게."

노형진은 입을 다물었다. 다른 사건이라면 송정한의 말을 들었을 것이다. 하지만 이번에는 그럴 수가 없었다. 그래서는 안 되는 사건이었다.

'하지만 어떻게?'

이 사건은 자신의 능력으로 알아낸 사건이다.

'생각해 보면 완벽한 사건 아니야?'

사이코메트리 능력이 없었다면 영원히 몰랐을 것이다. 그리고 기억에 이런 터무니없는 사건이 없었다는 것은 결과적으로 걸리지 않았다는 뜻이다. 그렇다면 이 사건은 수십 년 뒤 그가 죽는 그 순간까지도 여전히 계속되고 있었다는 소리다. 과연 피해자가 얼마나 될까? 1만? 2만?

"자네가 뭐라고 하든 이번에는 안 되네. 쉽게."

노형진은 송정한의 말에 잠시 침묵을 지켰다. 이걸 설명하기 위해서는 자신의 능력에 대해서 어느 정도 이야기해야 한다. 그렇지 않으면 이 사건을 해결할 수 있는 다른 방법이 없다.

'전이라면 비밀로 붙이겠지만.'

자신의 능력을 비밀로 하기 위해서 이 사건을 감추는 것은 너무나 큰 욕심, 아니 죄악이었다.

"송 대표님, 드릴 말씀이 있습니다."

"무슨 말인가? 할 말이라니?"

"이 변호사님, 죄송한데 자리를 좀 비워 주시겠어요?"

"네? 아, 네."

이은영 변호사는 노형진의 부탁에 쭈뼛쭈뼛 자리에서 일어났다. 노형진이 이런 부탁을 한 적이 없었기 때문이다.

"음······."

송정한도 노형진의 생소한 부탁에 뭔가 있다는 사실을 알았다. 노형진의 운영 방식은 개방적이고 평등하다. 변호사들 몰래 운영하는 방식이 아니다. 그런데 자리를 비워 달라는 건 자신에게 해야 할 중요한 말이 있다는 것.

"이 변호사, 일단 들어가 보게. 난 노 변호사와 함께 있겠네."

"네, 대표님."

이은영 변호사가 나가자 노형진은 입을 다물고 머릿속을 정리했다.

'이건 좀 위험한 생각이기는 한데.'

자신의 능력에 대해 말하는 것. 그건 위험한 선택이다.

하지만 이번 사건을 해결하기 위해서는 자신이 그걸 어떻게 알았는지 설명해 줘야 한다. 그렇게 하지 않으면 누구도 믿지 않을 것이다.

"송 대표님."

"말해 보게, 노 변호사."

"사실은 제가 말씀드리지 않은 게 있습니다."

"뭔가?"

예상했기 때문인지 송정한은 짧게 물었다. 심각한 이야기일 거라는 걸 알아차린 것이다.

"혹시 사이코메트리라는 거 아닙니까?"

"사이코메트리?"

"어떤 사물이나 공간에 남은 기억을 읽어 내는 능력을 말합니다."

"그거야 나도 알지. 그게 초능력이라는 것도. 하지만 그런 건 소설에서나……."

말을 하려던 송정한은 순간 침묵을 지켰다. 그렇게 한참 침묵을 지키고 시간이 상당히 지나자 그제야 입을 여는 송정한.

"설마 자네가 그런 능력을 가졌다는 것인가?"

"그렇습니다. 다만 스스로 통제하진 못하지만요."

물론 그걸 아예 다 공개할 이유는 없었기에 노형진은 일단 그걸 통제할 능력이 있다는 사실을 말하지 않기로 했다. 통제 가능한 것과 가능하지 않은 것은 받아들이는 입장에서 전혀 다른 느낌이기도 하지만 그래야 자신이 유리하기 때문이다. 하지만 그 말을 들은 다른 사람은 기가 막혀서 어이가 없었다.

"가끔 통제하지 못하고 어떤 사건이나 현장의 기억을 마구 넘어옵니다. 실제로 그 덕분에 몇 가지 사건들은 해결할 수 있었고요."

"음, 그런 소리는 처음 듣는군."

"그럴 겁니다. 보통 영화에서나 나오는 이야기니까요. 그리고 사실 모든 사건들의 기억을 읽을 수는 없습니다. 애초에 그랬으면 전 미쳤겠지요."

"그럴 걸세."

송정한은 노형진의 말을 믿는 눈치였다. 노형진이 이런 걸로 거짓말할 사람이 아니라는 것은 잘 알고 있었기 때문이다.

"보통은 그 당시 생각이 강력할수록 더 뚜렷하게 나타납니다."

이건 거짓말이 아니다. 실제로도 강력한 생각은 가끔 노형진의 의지를 넘어서 타고 들어온다. 이번 사건처럼 말이다.

"하지만 그런 사건은 드물죠."

"그럴 걸세. 그럼 이번 사건은 그 충격으로 쓰러진 건가?"

"네."

송정한은 고개를 갸웃했다. 나이 먹고 늙은 노인네들만 모여 있는 곳이 요양 병원이다. 그런데 그런 곳에서 무슨 생각이 그렇게 강하기에 노형진을 쓰러트리는 걸로 부족해서 무려 사흘간이나 기절하게 만들었단 말인가?

"도대체 무슨 기억인가?"

"사람들의 비명이었습니다, 살려 달라는."

송정한은 얼굴을 찌푸렸다. 하긴 병원이라는 공간. 더군다나 요양 병원이다. 이제는 죽을 수밖에 없는 곳.

"장소가 좋지 않았군."

"그러면 얼마나 좋겠습니까마는……."

노형진은 자신도 모르게 몸서리 쳤다. 그동안 수많은 사건들을 해결하고 수많은 범인들을 만났다. 하지만 이번 사건처럼 무섭고 두렵고 미친 짓을 보이는 사건은 없었다.

"무슨 소리인가? 다른 이유가 있다는 건가?"

송정한은 고개를 갸웃했다.

"얼마 전에 우리 회사에 한 아이가 왔습니다."

"나도 들었네."

노형진이 그곳에 간 이유를 알아야 했으니 당연히 보고가 들어갔을 것이다.

"그 아이가 그러더군요. 들어가면 살아서 나오지 못하는 병원이라고 말입니다."

"그렇지. 당연한 거 아닌가? 요양 병원인데?"

"네, 그게 참 당연한 소리입니다. 무섭게도 말입니다."

"그거야 당연……."

송정한은 말을 멈추었다. 그도 오랜 경험을 가진 변호사로서 노형진이 말하고자 하는 것이 뭔지 알아차렸기 때문이다.

"자…… 잠깐…… 그게 무슨 말인가? 아니지?"

"말씀드렸잖습니까, 살려 달라는 비명이었다고?"

"이런 미친……."

서 있던 송정한은 비틀거리면서 뒤로 주춤주춤 물러났다. 그러다가 의자를 찾을 힘도 없이 그대로 바닥에 털썩 주저앉았다.

"농담이지?"

"농담이 아닙니다. 가면 당연히 죽는 곳. 누구도 신경 쓰지 않는 곳. 완벽한 장소 아닙니까?"

"그냥 노인네들의 기억이 아니야?"

"네."

송정한은 완전히 정신이 나간 표정이었다.

그의 변호사로서의 생은 길다. 심지어 회귀 전의 노형진의 기간을 합쳐도 그보다 짧다. 어렵고 힘든 시기에도 변호사였고 미친 짓도 많이 봤다. 하지만 지금 노형진이 말하는 사건은 생각도 못했다.

"살인입니다."

"미친! 그게 말이나 돼!"

"됩니다. 완벽한 장소잖습니까?"

노형진의 말에 송정한은 분노할 수조차 없었다. 이건 상식적으로 말이 되지 않기 때문이다.

"병원이잖아!"

"병원이니까요. 누가 의심하겠습니까?"

그것도 노인들이 마지막을 준비하기 위해서 들어가는 요양 병원이다. 그곳에서 죽어 나간다고 한들 누가 알겠는가?

"죽음의 천사라니……. 한국에는 그런 일이 없을 거라 생각했는데."

"죽음의 천사요?"

"그래."

노형진은 씁쓸한 얼굴이 되었다. 그는 이번 사건이 죽음의 천사 사건이라고 생각한 모양이다.

"애석하게도 죽음의 천사 사건이 아닙니다."

"무슨 소리야? 완벽한 장소에 완벽한 살인인데."

"그렇지요. 그러니까 죽음의 천사 사건일 수가 없지요."

"그게 무슨……."

말하려던 송정한은 '설마.' 하는 얼굴이 되었다. 당장 죽음의 천사 사건만 해도 엄청나게 충격적일 텐데, 한 가지 가능성은 충격 받은 정도가 아닌 대한민국을 뒤집을 정도였다. 아니, 안 뒤집히면 그게 이상한 일이었다.

"노…… 농담이지?"

얼마나 충격적인지 그는 목소리가 떨리고 있었다.

"농담이면 좋겠습니다."

"설마 지금 자네는 병원이 조직적인 살인에 가담하고 있다는 말인가?"

"확실합니다."

노형진의 말에 송정한은 침묵을 지켰다. 도무지 자신의 상식으로는 이해가 가지 않는 말이기 때문이다. 하지만 요양 병원의 현실을 생각하면 별반 다를 게 없다.

물론 대다수 요양 병원은 정상적으로 운영된다. 그곳에서 일하는 사람들은 가족들에게 사실상 버림받은 사람들을 열심히 보살피면서 실질적으로 가족을 대신하려고 노력한다. 하지만 이 세상은 그런 사람들이 있는 반면 한편으로는 부모가 빨리 죽어서 유산을 빨리 물려받기를 원하는 사람도 있기 마련이다.

"말도 안 돼……. 그건 살인이 아냐! 학살이지!"

"학살이라……. 맞는 표현입니다."

노형진은 고개를 끄덕거렸다.

"절대로 걸릴 수가 없는 학살이죠."

노인이 죽길 원한다면 그곳에 넣으면 된다. 그러면 그곳에서는 조금씩 노인을 죽여 가는 것이다. 의사인 만큼 적당히 처방전을 내리는 건 어렵지 않다. 물론 처방전만 내리고 약을 안 주면 나아질 수 없다.

"미선 양의 할아버지의 경우, 미선 양에게 배고프다고 했답니다. 보통 나이를 먹으면 기력이 달려서 먹는 양이 줄어들지요. 그것까지는 알겠습니다만 반대는 가능하잖습니까?"

기력이 떨어져서 조금 먹는 게 아니라 먹는 게 적어서 기력이 떨어지는 것. 그렇게 되면 노인은 급격하게 약해지기 마련이다.

"자네가 생각하는 게 무슨 소리인지 알고 있는 건가?"

"너무나도 잘 알고 있습니다. 슬프게도 말입니다."

"끄응……."

만일 병원에서 그런 식으로 노인을 죽인다면 그건 학살이라고 할 수 있다. 한 명씩 죽여 버리는 것이다.

"도대체 그럼 피해자는 몇 명인지……."

"그리고 가해자는 몇 명일까요?"

요양 병원이라는 특성상 엄청난 노인들이 들어올 것이다. 그리고 그곳에 넣는 사람 중 얼마나 많은 사람들이 그런 목적을 가지고 들어올지 모르지만 그걸 노리고 들어온다는 것은 죽이겠다는 뜻이므로, 결과적으로 그 노인을 집어넣은 자식과 그걸 방조한 사람들까지 살인과 살인 방조로 들어가게 된다.

"어쩌면 가해자가 천 단위가 넘어갈지도 모릅니다."

"……."

천 단위가 넘게 달라붙어서 한 살인 사건.

그 말을 중얼거리던 송정한은 자신도 모르게 부르르 떨었다.

"전 제 능력을 감추고 싶었습니다만……."

"알겠네……. 고민이 많았겠군."

만일 노형진이 그 능력을 공개하지 않았다면 그런 정보를 얻을 방법을 설명해야 한다. 안 하게 된다면 다들 믿어 주지도 않을 테고 도리어 혹시나 머리를 다치지 않았을까 하는 걱정했을 것이다.

"경찰에 신고를……. 젠장…… 믿을 리 없겠군."

적으면 수백, 많으면 수천이 관련된 사건이다. 상식적으로 있을 수도 없고 있어서도 안 되는 사건이다. 경찰이 진지하

이것이 법이다

게 받아들일 가능성은 제로에 가깝다.

"확실히 이상하기는 한 일이지요."

윤미선이 그곳에 들어간 사람이 죽어서 나온다고 말한다는 것 자체가 이상한 것이다. 상식적으로 수많은 요양 병원이 있는데 그중에서 유독 그 병원만 그런 소문을 돈다는 것은 말도 안 되는 일이다.

'아니 땐 굴뚝에 연기 난다는 말이 있지.'

그럼에도 불구하고 그런 소문이 돈다는 것은 결국 자신들이 모르는 뭔가가 있다는 소리다. 그리고 우연히 윤미선이 그걸 알게 되었을 테고 말이다.

"도대체 얼마나 죽었는지 알 수 있겠나?"

"아니요…… . 모릅니다."

노형진이 그곳에서 읽은 기억은 그 침대에서만의 기억이었다. 그 자리에서 천천히 고통스럽게 죽어 간 누군가의 기억. 그 침대에 있는 기억만으로도 노형진은 기절했다. 그런데 그 현장에 있는 기억을 다 읽는다?

'진짜로 죽을지도 몰라.'

만일 그런 일이 병원 전반에 벌어진다면, 자신이 그 기억을 읽는다면 정신적인 충격은 상상을 넘어설 것이다. 그러면 진짜로 죽을지도 모른다.

'이번에는 이 능력을 봉인해야 한다.'

문제는 그걸 봉인하면 해결할 방법이 전혀 없다는 것이다.

"신고해도……."

"증거가 없으니……."

설사 증거가 있다고 해도 경찰의 능력으로는 그런 비밀을
밝혀내는 데에는 한계가 있다.

"젠장……."

송정한은 이를 빠드득 갈았다.

현대의 고려장

고려장.

한때 한국의 잘못된 풍습이라고 알려진 적이 있는 풍습이었다. 하지만 계속된 연구 결과, 그 모든 것이 가짜라는 것이 드러났다. 애초에 고려장이라는 이름이 고려에서 노인이 늙으면 산에 버린다고 해서 붙인 것인데, 고려 시대에는 부모에게 효를 다하지 않으면 처벌한다는 법까지 있었다.

그리고 고려장이라는 단어를 처음 사용한 사람은 다름 아닌 그리피스라는 친일파 외국인이 쓴 글이었다. 웃긴 것은 그는 한국이라는 나라에 온 적이 없으며, 심지어 그의 전공은 역사가 아니라 자연과학이라는 사실이다.

그가 일본의 사주를 받고 쓴 것이 바로 《은둔의 나라 한국》이라는 역사책이었는데, 거기에는 조선에 대한 온갖 비난과 왜곡된 시선으로 가득 차 있었다. 심지어 고려장에 대한 일화들조차 한국의 일화가 아닌 중국의 일화를 고쳐서 퍼트렸고 말이다.

사실 고려장은 한국이 아니라 일본의 풍습이다. 일본은 지형상 농사를 지을 만한 곳이 아니다. 그래서 왜구라는 해적들이 생기기도 했던 것이다. 그러다 보니 노인이 되면 가져다 버리고는 했는데 개화되고 난 후 그걸 부끄럽게 여긴 나머지 조선으로 뒤집어씌운 것이다. 실제로 일본에는 그 주제를 만들어진 영화인 〈나라야마 부시코〉라는 작품이 있을 정도로 부모를 버린 흔적이 넘쳐난다. 즉, 원래는 고려장이 아니라 '나라야마장'이라고 불러야 한다. 일본에서는 그렇게 노인이 버려지는 것을 나라야마에 간다고 불렀기 때문이다.

'그런데 실제로 그런 일이 이제는 먹을 게 썩어 넘치는 현대에 벌어지다니.'

노형진은 참담한 마음을 비울 수가 없었다. 과거처럼 생존이 위험했던 시절에도 부모를 모시던 한국이 언제부터인가 돈의 노예가 되어서 부모를 버리는 곳이 된 것이다.

"뭘 생각하십니까?"

"아닙니다. 그나저나 확인은 되었나요?"

"네."

노형진과 송정한은 병원에서 나오자마자 고문학에게 이번

사건에 대한 조사를 시켰다. 자신들이 정식으로 수임한 사건도, 증거도 없는 건 아니지만 그냥 넘어갈 수 없었기 때문이다.

"천성계 요양 병원. 정신병원과 함께 운영하는 곳입니다. 하지만 입원 환자에 대한 학대와 여성 환자에 대한 강간 및 낙태 사건이 터지고 나서 장사되지 않자 병원의 절반을 요양 병원으로 바꿨습니다."

"낙태 사건?"

송정한은 고개를 갸웃했다. 학대야 흔하게 이루어지는 곳이다 보니 그렇다고 쳐도 강간 및 낙태라니?

"정신병동에 입원한 정신병자가 여성 환자를 강간해서 임신시킨 것을 병원 측에서 보호자의 동의 없이 낙태시켰다가 나중에 문제가 된 사건입니다."

"음……."

송정한은 신음 소리를 냈다. 하지만 그걸 들은 노형진은 느낌이 왔다.

"그건 병원 측과 경찰의 말 아닌가요? 아닌가요?"

"네? 그걸 어떻게 아셨습니까?"

"정신병자가 그걸 말했을 리 없으니까요."

"아……."

"그리고 그 사건 이후 직원이 안 바뀌었고요?"

"네, 그것도 기록에 있습니다. 다만 관리 책임을 물어서 상당수가 노인 병동으로……. 설마 다른 생각을 하시는 겁니까?"

"네."

노형진은 고개를 끄덕거렸다. 누가 뭐라고 해도 미쳐서 아무도 믿어 주지 않는 환자다. 더군다나 사람을 완전히 무력화시킬 수 있는 약물은 아무나 쉽게 쓸 수 있는 상황이다. 거기에다가 주변에 뒤집어씌울 수 있는 다른 사람들도 널렸다.

"설마 거기 환자들의 행동이 아니라는 건가?"

"정신병동 사건을 해 봐서 아시잖습니까, 그곳이 어떻게 굴러가는지?"

"그렇군⋯⋯. 불가능하겠군."

말로는 다른 환자가 했다고 하지만 자녀들에게 배신당한 부자들을 꺼내면서 수많은 정신병원들을 다녔다. 그리고 그 많은 정신병원 중 남자와 여자를 같은 공간에 두는 곳은 단 한 곳도 없었다.

"의사가 미치지 않고서야 그런 행동을 할 리 없죠."

"그렇지."

"그리고 애초에 강간 신고가 아니라 낙태를 먼저 했습니다. 왜일까요?"

"알 것 같군⋯⋯."

강간 신고를 하게 되면 문제가 생긴다. 아이가 있으니 일단 유전자 검사를 먼저 하게 된다. 하지만 낙태하게 되면 모든 증거는 사라진다.

"그렇게 타락한 곳이 있을 줄이야⋯⋯."

"우리가 무슨 사건을 보고 있는지 아시잖습니까?"

송정한이 무겁게 고개를 끄덕거리자 고문학은 고개를 갸웃했다. 그 둘에게 뭔가 있는 것 같은데 자신에게는 이야기해 주지 않았기 때문이다.

"보고 계속해 주세요."

노형진이 말을 꺼내자 고문학은 계속 조사 기록을 읽기 시작했다.

"한 해 평균 입원 환자가 삼백 명 정도입니다."

적은 숫자가 아니다. 노형진은 그 말을 듣고 떨리는 목소리로 물었다.

"설마 그 사람들이 모두 죽어서 나가나요?"

"그건 아닙니다. 기록에 따르면 한 해 평균 3분의 1인 백명 정도 됩니다."

"백 명이라……. 잠깐 기록을 봅시다."

노형진은 기록을 받아서 살피기 시작했다. 그리고 우울한얼굴이 되었다.

"짧군요."

"짧다니요?"

"평균 입원 기간이 말입니다."

입원 환자도, 퇴원 환자도 생각보다 입원 시기가 짧다. 고문학은 사정을 모르기 때문에 뭐가 문제인가 하는 얼굴이었지만 사정을 알고 있는 송정한은 얼굴이 더 어두워졌다.

"우울한 소식이군."

"그러네요."

입원 환자의 입원 기간이 짧은 건 당연할 수밖에 없다. 만일 정상적인 생각을 가진 사람이 온다면 그들의 뜨악한 관리를 부모님에게 듣지 못할 리 없으니 당연히 멀쩡한 곳으로 부모님을 모시고 갈 것이다. 하지만 그렇지 않다는 건 그들을 어떤 목적을 가지고 왔다는 소리다. 그리고 그 목적이 결코 좋은 결과를 요구하는 것은 아닐 것이다.

"백 명이라……. 이곳이 생긴 지 얼마나 되었지요?"

"10년입니다."

"10년……."

10년. 한 해당 백 명이라고 하면 천 명.

"완전 아우슈비츠군."

"아우슈비츠라니요?"

고문학은 이해하지 못하겠다는 얼굴이 되었지만 송정한이 대답하는 대신에 나가라고 신호를 보내자 조용히 그곳에서 나갔다.

"어떻게 생각하나?"

"아마도…… 생각하시는 그게 맞을 겁니다."

"이건 말도 안 되는 사건이야. 상식적으로 누가 믿겠나?"

"그보다 더한 사건도 있지 않습니까?"

"……."

맞다. 인간의 욕심이 관여하게 되면 그보다도 더한 더욱 무서운 사건들이 넘쳐나게 된다.

"경찰이 이걸 알지 못한다는 게 이해를 못하겠군."

"알 수가 없죠."

신고해야 하는 사람들이 범인이다. 더군다나 병원에서 죽으면 병원에서 사망진단서를 써 준다. 거기에는 노환이라고 한마디만 써 버리면 부검이고 뭐고 없이 그대로 사건은 종결이다. 아니, 애초에 사건 자체가 성립되지 않는다.

"젠장…… 살다 살다 이렇게 답이 없는 사건은 처음이군."

"저도 마찬가지군요."

송정한은 얼굴을 문지르면서 답답해했다.

"노 변호사, 솔직히 지금도 자네가 거짓말하는 것이면 좋겠어."

"저도 그렇습니다."

노형진이 거짓말하든가, 아니면 정신에 이상이 생긴 거였으면 좋겠다고 할 정도로 이 사건은 심각한 문제를 가지고 있었다. 하지만 그럴 수는 없었다. 어젯밤 노형진이 능력을 아주 살짝 보여 줬다. 우연이라고 이야기하기는 했지만 그 이야기는 누구에게도 하지 않았던, 송정한이 판사 시절에 겪었던 비참하고 우울했던 사건이었기 때문에 그걸 믿을 수밖에 없었다.

"다른 변호사들에게 도움을 청해 볼까?"

"그런다 해도 별반 달라질 건 없어 보입니다."

"그렇겠지?"

이건 숫자의 문제가 아니라 드러낼 방법이 없다는 것이 문제였다.

"누군가 양심선언 같은 거 안 할까?"

"하겠습니까?"

이건 양심선언으로 끝내기에는 너무나 큰 사건이다. 아무리 자신이 양심선언을 해도 종신형이고 나머지는 사형을 피할 수 없을 정도다. 대량 학살에 들어가기 때문이다. 그것도 기업에 의한 조직적인 학살.

"진짜로 자네가 미워지기는 처음이군."

지금까지 노형진이 많은 사건을 가지고 왔고 그 덕분에 새론이 성장할 수 있었다. 그럼에도 불구하고 이번 문제는 노형진이 미워질 만큼 심각한 문제였다.

"원한다면 그냥 모른 척하실 수 있습니다."

"지금 그 말이 나오나? 난 판사 출신일세. 정의를 지킨다는 알량한 의무감은 없지만 말이야. 최소한 사람이 할 짓, 못할 짓은 구분하네."

더군다나 벌써 1천 명이 죽은 사건이다. 이곳이 존재하는 한 더 많은 사람들이 매일같이 같은 방식으로 죽어 갈 것이다.

"아마도 그곳에 있는 놈들을 그 당시에 자르지 않고 옮겼다는 것은 이런 이유일 겁니다."

이것이 법이다

"그렇겠지?"

상식적으로 강간 사건에 대해서 모를 병원이 아니다. 그런데 그곳 놈들을 그곳에 보냈다는 것은 그들은 범죄를 은폐한다는 걸 알고 있기 때문이다.

"아니, 도대체 무슨 생각을 했기에 이런 짓을 한 건지."

송정한의 푸념에 무언가가 머릿속을 스치는 것을 느낀 노형진은 몇 가지 서류를 뒤적거리고 컴퓨터를 이용해서 몇 가지 사건을 찾아보기 시작했다. 그리고 얼마나 지났을까, 그는 오래된 사건을 발견하고는 한숨을 쉬었다.

"무슨 생각을 했는지 알 것 같네요."

"무슨 소리인가, 노 변호사?"

"이걸 보십시오."

노형진은 모니터를 돌려서 송정한에게 보여 주자 송정한은 자신도 모르게 신음성을 낼 수밖에 없었다.

"한편 이번 사건을 담당하고 있는 법무 법인 청계에서는……이라…… 끄응…….."

인터넷에서 강간 사건에 대한 기록을 찾아보니 그 당시 병원의 변론을 담당한 곳이 다름 아닌 청계라는 내용의 뉴스를 찾을 수 있었다.

"망할 자식들…… 아무리 그래도 그렇지!"

이건 단순한 돈의 문제가 아니다. 수많은 사람들의 목숨이 달려 있는 생존의 문제다.

"하긴…… 일반적인 병원에서 이런 미친 짓을 생각하기는 쉽지 않지요."

하지만 범죄 설계를 주로 하는 청계에 있어 사람의 목숨이란 그저 가치 없는 도구에 지나지 않는다. 그러니 이런 짓을 하고도 남을 것이다.

"망할 청계 새끼들."

이제는 사라졌음에도 그들이 끼친 악영향은 사회 전반에 퍼져 있었다. 이번 사건만 해도 나라가 뒤집힐 판국인데 그들이 설계한 범죄들이 얼마나 있는지 알 수가 없었다.

"어떻게 해서든 이곳을 없애야 하는데 어떻게?"

"단순히 없애서는 안 됩니다. 박멸해야 해요."

병원 자체를 날리는 건 어려운 일은 아니다. 문제는 그와 관련된 사람을 한 명도 남기지 않아야 한다는 것이다. 그리고 결정적으로 법으로 고쳐야 한다.

'최악의 난이도다.'

법을 바꾸지 않은 상황에서 단 한 명이라도 이 사실이 바깥으로 새어 나가면 똑같은 짓을 하는 병원이 생기지 말라는 법은 없다. 안 그래도 요즘 뉴스만 나오면 해외에 부모를 버렸다는 뉴스나 어딘가에 버려진 노인이 있다는 소리가 매일같이 들리는 시대다.

"그렇다고 다른 변호사들에게 도움을 청할 수도 없고."

인맥을 이용해서 도움을 청할 수는 있겠지만 그걸 아는 사람들이 늘어나면 나중에 그들이 쓸지도 모른다. 최소한의 인원으로 해결해야 하는 최악의 사태.

"그럼에도 불구하고 결국 누군가는 나서야지요."

노형진의 말에 송정한은 고개를 끄덕거렸다.

⚖️

"맙소사……."

"미친……."

"그건……."

새론의 변호사 사무실.

많은 변호사들이 회의를 하는 곳이지만 오늘은 몇몇 변호사들만 모여 있었다.

"이 방법은 누구에게도 새어 나가면 안 됩니다."

"이걸 어떤 미친놈이 말한단 말입니까?"

"그런 미친놈이 있으니까 일이 이 지경이 된 겁니다."

무태식은 흥분해서 길길이 날뛸 것 같은 얼굴이었다.

"지금까지 청계는 수많은 사건들을 일으켜 왔습니다. 사기를 치기도 했고 함정을 파기도 했습니다. 하지만 이건 학살입니다. 청계 쪽에서 살아남은 수많은 변호사들이 어떤 방법을 써서라도 막으려고 할 겁니다."

그러면서 노형진은 손예은을 바라보았다. 그녀가 청계 출신이기 때문이다.

'내가 미쳤구나.'

손예은은 사건의 전말을 듣고 영혼이 나갈 것 같은 표정을 지었다. 차갑고 감정 표현이 거의 없는 그녀로서는 처음 있는 일이었다.

"손 변호사의 잘못이 아닙니다. 이 일은 손 변호사가 변호사가 되기도 전에 일어난 겁니다."

"하지만……."

"자책하지 마세요. 다만 이 문제를 해결할 방법을 찾아봅시다."

이번 사건은 철저하게 조용히 그리고 익명으로 처리해야 한다. 그래서 송정한과 노형진은 철저하게 믿을 수 있는 사람들만을 선발해서 일을 시작하려고 했는데 그렇게 믿을 수 있는 것은 결과적으로 노형진에게 배운 사람들뿐이었다. 그 때문에 지방으로 내려간 무태식과 민시아까지 올라왔다.

"손예은 변호사, 어떻게 생각합니까? 청계 출신이니 아마 어떨지 알 것 같은데요?"

손예은은 침묵을 지키다가 고개를 흔들었다.

'그래, 정신을 차리자. 내가 한 게 아니지만 내가 정리해야 할 일이야.'

어쩌면 그날 그 아이에게 이상하게 신경을 쓰인 것도 결국은 이 일이 이렇게 되려고 그런 걸지도 몰랐다.

이것이 법이다

"사실 청계의 주요 변호사 중 고위직은 모두 다른 곳으로 갔어요."

"그렇겠지요."

아무리 범죄에 연루되었다고 해도 그들의 인맥과 정치적 파워가 사라진 것은 아닐 테니까.

"결국 청계 출신이라고 괄시받은 것은 하위직 변호사였지요. 그래서 그들이 새로운 변호사 집단을 따로 만든 거고요."

고개를 끄덕거리는 사람들. 손예은은 심호흡하고 천천히 자신의 의견을 말했다.

"아마도 그들도 막으려고 하겠지요."

"그럴까요?"

"네, 제가 그 지옥 같은 기간을 겪어 봤으니까요."

청계가 망하고 난 후 얼마나 많은 고생을 했던가?

청계 출신이라는 이유로 다른 로펌에 가지도 못했고, 돈이 없어 개별적인 사무실을 얻지도 못했다.

"몇 가지 범죄 사실만으로도 청계 출신은 사회적으로 매장당하는 분위기였어요. 하지만 이건 그 정도와는 비교도 할 수 없는 사건이에요. 학살 그 자체지요. 그건 청계 출신이라는 것 자체가 사회적으로 매장당하고도 남을 존재라고 각인되어 버리죠. 아마 그들도 적이라고 생각하고 움직여야 할 거예요."

"골 때리는군요."

청계가 뭉쳐 있으면 모를까, 지금처럼 사방에 퍼져 있는 상황에서는 도리어 소문을 막는 것에 한계가 있다.

"당분간은 철저하게 기밀을 지켜 주시기 바랍니다. 각자 부탁한 부분들은 잊지 마시고요."

"네."

"그럼 나중에 뵙죠."

노형진은 회의를 끝내고 자리에서 일어났다. 그리고 자신의 사무실로 들어갔다. 그런데 생각지도 못하게 손예은 변호사가 그런 노형진을 따라서 들어오는 것이 보였다.

"손 변호사, 무슨 할 말 있습니까?"

"네."

"절 왜 뽑은 겁니까?"

"무슨 말씀이시죠?"

"절 왜 뽑은 건지 궁금합니다. 전 새론에 있던 사람이 아니라 청계에 있던 사람입니다. 사실 이곳에서 가장 배신할 가능성이 높은 사람이기도 하고요. 그런데 왜 이 사건에 절 넣었는지 모르겠습니다."

"……."

"사실 이 사실이 흘러나가서 좋을 게 없다는 거 아시잖습니까?"

"그래, 누구한테 말할 겁니까?"

"그건 아닙니다만……."

"일단 앉으시죠."

노형진은 그녀에게 의자를 권했다. 그리고 그녀를 보면서 천천히 입을 열었다.

"물론 그런 생각을 할 수도 있지요. 맞습니다. 솔직히 그런 걱정도 했습니다."

청계는 사라졌지만 청계 출신인 사람들은 남아 있다. 그들은 자신들의 커리어와 미래를 위해서 무슨 수를 써서라도 이번 사건을 덮으려고 할 것이다. 그리고 손예은은 분명 청계 출신이다.

"하지만 이 사건을 가지고 온 것도 손예은 변호사입니다."

"전 이런 사건인 줄 몰랐습니다. 그저 아이가 불안해서 데리고 온 것뿐입니다."

노형진은 빙긋 웃었다.

"손 변호사, 운명을 믿습니까?"

"운명요?"

"네."

"아니요."

"그래요? 그건 참 안타깝네요. 전 어느 정도 믿거든요."

"그런 불확실한 건 안 믿습니다."

'글쎄…… 난 뭐…… 불확실한 건 아닌 것 같지만.'

자신은 분명 죽었다가 다시 살아났다. 꿈이 아니다. 꿈이라면 자신이 나서지 않은 사건들의 기억이 이렇게 겹칠 리 없다.

"전 운명이라는 것을 믿습니다. 과연 그날 손 변호사가 그 감옥에 갔다 오지 않았더라면, 다른 변호사들처럼 그냥 무시하고 들어왔다면, 제게 그 아이를 데리고 오지 않았다면 아마도 이 사건은 누구도 알지 못했을 겁니다."

그건 확신할 수 있다. 심지어 노형진조차 이런 사건이 있었다는 것을 몰랐으니까.

"그날도 전 솔직히 관심도 없었습니다. 애초에 다른 사건이었다면 돈도 받지 않은 상태에서 병원에까지 가지 않았을 겁니다. 하지만 그날은 이상하게 신경이 쓰이더군요."

"……."

확실히 그렇기는 했다.

"물론 저도 내 인생은 운명이 이끈다고 생각하지는 않습니다. 하지만 운명이 인생이 바뀔 수 있는 전기를 만들어 준다고는 생각합니다. 그걸 잡고 인생을 바꾸는 건 결국 자신의 선택이지요."

"그런가요?"

"네, 운명이라는 것이 손 변호사를 그곳으로 이끈다는 것은 손 변호사가 필요할지도 모른다는 것이 있다는 뜻이지요."

"단순히 그것 때문에요?"

"아니요."

"그럼요?"

노형진은 손예은 변호사를 똑바로 바라보았다. 아까처럼 차분한 시선이 아닌 차갑고 묵직한 시선.

"다른 하나는 손 변호사가 과거와의 연을 끊어야 하기 때문입니다."

"과거와의 연⋯⋯."

"청계는 손 변호사에게는 큰 상징성을 가지고 있습니다. 첫 번째 대형 로펌이자 자신이 가장 잘나가던 곳. 그곳에서 벗어나지 못한다면 손 변호사는 언제나 이곳에서는 이방인일 뿐입니다."

"⋯⋯."

손예은은 조용히 눈을 감고 생각에 잠겼다.

'과거와의 연이라⋯⋯.'

확실히 그렇다. 개인적으로 그녀를 가장 많이 붙잡았던 기억은 청계에서의 기억이었다.

"이런 말이 있지요, 조폭도 개인적으로 알면 좋은 사람이라고."

이권이 없는 개인적인 감정은 결국 좋은 관계일 수밖에 없다. 굳이 주변에 적을 만들려고 하는 사람은 없으니까.

"아마 청계는 손 변호사님의 첫 사회생활일 겁니다. 거기서 많은 동료들을 만났고 서로 좋은 감정을 가진 사람도 있었겠지요. 하지만 그건 과거일 뿐입니다. 변호사의 세계에서는 어제의 동료가 적이 될 수도 있습니다."

"……."

"만일 과거와 선을 끊는 것이 부담스럽다면 빠지셔도 됩니다. 다만 비밀만 지켜 주시면 됩니다."

손예은은 침묵을 지켰다. 자신의 첫 번째 직장. 그리고 그곳의 사람들 중에는 자신에게 잘해 주는 사람도 있었다.

하지만 자신은 이제 그들에게 칼을 들이밀어야 한다.

'과거의 추억…….'

"어떻게 하시겠습니까?"

노형진은 손예은을 바라보았다. 사실 송정한은 그녀를 빼고자 했다. 그녀가 가지고 온 사건이기는 하지만 청계 출신이라는 것이 꺼림칙했기 때문이다.

'그게 정상이겠지만.'

누구도 신경 쓰지 않은 사건이다. 그조차도 그 아이를 들어올 때 봤다. 그런데 다른 사람도 아닌 그녀가 데리고 들어왔고 그게 청계와 연결되어 있다는 것은 우연으로 보기에는 좀 공교로운 느낌이었다.

'결국은 자신의 길은 자신이 선택하는 것이지.'

만일 그가 하게 되더라도 예민한 부분에서는 빠질 게 뻔하다. 하지만 그렇다고 하더라도 그녀의 운명이 이쪽으로 이끌었다면 차라리 이참에 청계라는 곳은 그녀의 인생에서 지워 버리는 것이 낫다.

"알겠습니다."

손예은 지그시 자신의 입술을 깨물 수밖에 없었다.

⚖️

"일단 각자 할 수 있는 일을 다 부탁하기는 했는데……."

이번 일은 보수가 생기는 일이 아니기 때문에 스스로 나서서 해야 한다. 그래서 일이 아니라 부탁할 수밖에 없었지만 그 누구도 그걸 거절하지 않았다.

"하지만 가장 큰 문제가 남았어."

"압니다."

노형진은 고개를 끄덕거렸다. 이번 사태는 심각한 문제다. 그리고 만일 그대로 두면 다시 일어날 수도 있는 일이다.

"법을 바꿔야지요."

"그래, 하지만 우리는 그쪽으로는 라인이 없네."

법률 쪽 일을 하다 보면 여기저기에 인맥이 생기기 마련이다. 그럼에도 불구하고 새론이 인맥이 전혀 없는 분야는 딱하나. 그건 다름 아닌 정치 쪽이다. 정치 쪽이 워낙 지저분해서 송정한이 정치 쪽 사건을 거절했기 때문이다. 가령 특정 정당의 사건을 담당하면 정권이 바뀌고 난 후에 보복이 들어오는 경우가 흔하다 보니 다시 그 보복을 피하기 위해 뇌물을 줘야 하는 등 악순환이 심각했다.

"하지만 이런 사건을 막으려면 법을 고치는 수밖에 없습니다."

현재 대한민국에서 부모를 봉양하는 것은 철저하게 자식에게 맡겨진다. 물론 소액의 돈이 노인들에게 나가기는 하지만 사실상 비양심적인 녀석들에게는 배보다 배꼽이다. 노인들은 아플 수밖에 없는 데다가 돈도 잘 쓴다. 몇천 원에 만족하던 아이들과 다르다.

'결정적으로 미래가 없지.'

아이들에게는 미래가 있지만 노인들에게는 그런 게 없다. 그러다 보니 비양심적이고 잔인한 몇몇 놈들은 부모란 존재를 그저 짐덩어리로 여긴다. 그것이 이번 사태를 일으킨 가장 큰 이유이고 말이다.

"그걸 막으려면 법을 바꿔야 합니다."

"알고 있네. 하지만 바꿔 봐야 한계가 있잖아. 사실 그걸 막으려면 노인들에 대한 봉양을 정부가 다 책임져야 한다는 뜻일세."

"그건 불가능하겠지요."

"그럼 막을 방법은 없지 않은가?"

"일단은 임시로 정부에서 노인 병원들에 대한 감시를 늘리도록 해야지요."

"하지만 우리는 그런 쪽 라인이 없는데?"

노형진은 한 사람이 생각났다. 그가 알고 있는 사람 중 그쪽에 라인이 있는 한 사람. 그다지 반갑지는 않지만 그래도 일은 확실하게 하는 사람.

"저는 그런 사람을 알고 있네요."

"그래?"

"네."

"누군데?"

"아마 송 변호사님도 아는 사람일 겁니다."

"그런 사람은 난 모르는데? 더군다나 노 변호사와 함께 아는 사람이라고 해 봐야……."

말을 하던 송정한은 씁쓸한 미소가 떠올랐다. 그런 사람은 딱 한 명뿐이기 때문이다.

⚖️

"다시는 보지 말자고 했었을 텐데?"

남상진은 눈앞에 있는 노형진을 보면서 무심하게 말했다. 지난번 사건 이후에 서로 보지 말자고 그렇게 이야기했건만 다시 자신을 찾다니.

"반가워하는 것까지는 기대하지도 않았지만 그래도 고객인데 너무하는 거 아냐?"

"웃기는군."

노형진의 말을 씹으면서 자신의 커피 잔을 입으로 가져가는 남상진.

"네놈이나 나나 서로 사는 세계가 다르다. 알 텐데?"

"알아."

"그런데 왜 날 찾았지?"

"그나저나 신수가 훤한 걸 보니 제법 잘나가나 봐?"

"네놈만 하겠냐?"

하긴 노형진이 벌어들이는 돈은 남상진이 버는 돈보다 훨씬 많으니까. 어쩌면 그래서 남상진이 노형진을 싫어하는 것일지도 모른다. 처음 만났을 때만 해도 그와 노형진은 사는 세계가 달랐다. 지금도 마찬가지지만 달라진 것은 그때는 그가 위쪽에 있지만 지금은 노형진이 위쪽에 있다는 것.

노형진. 영화계의 워렌 버핏, 영화 투자의 귀재 등등으로 불리며 현금에 한해서는 어지간한 대기업 총수들보다 더 많다는 소문까지 있는 남자.

"도움이 필요하다."

"거절한다."

남상진의 입장에서는 도움을 줄 이유가 없었다.

"사람들의 목숨이 걸린 일이다."

"거절한다."

"수천 명의 목숨이 걸렸는데도?"

"노형진, 오랜만에 보더니 감을 잃었군?"

"뭐?"

"내 직업이 뭐라고 생각하는 거냐?"

노형진은 씁쓸하게 웃었다. 생각해 보니 그렇다. 남상진은 브로커다. 정치부터 군사까지.

"난 무기 브로커다. 그 무기가 구경용으로 팔릴 거라 생각하는 건 아니겠지?"

'그렇지.'

죽음의 상인. 그게 바로 무기 상인들이다. 그리고 그 무기를 팔 수 있게 도와주는 브로커들은 아무리 좋게 말해도 죽음의 천사쯤 된다. 그 무기는 누군가를 죽이는 데에 들어가기 때문이다.

"누군가를 구하기 위해서 나한테 도움을 청하는 것 자체가 네놈이 감을 잃었다는 증거야."

"그러면 널 고용해야겠군."

"비쌀 텐데?"

"20억."

남상진의 얼굴이 묘해졌다.

"20억이라. 적은 금액은 아니군."

어떤 사건인지 몰라도 20억씩 투자한다고 하면 그건 작은 사건일 수가 없다. 더군다나 남상진이 로비 쪽에 관심이 없는 거야 익히 아는 사항.

'그러고 보니 그렇군.'

로비를 싫어해서 정치권에 선을 만들지 않는 노형진이 자신을 부를 정도면 그에게도 부담스러운 사건이라는 소리다. 과거에 만났을 때는 해외 쪽 사건이었지만 사실 큰 금액은 아니었다. 그런데 20억이라니.

"한번 들어 보지."

남상진은 몸을 바로 하고 노형진을 똑바로 바라보았다. 고용될 의사가 있다는 뜻이었다. 노형진은 그에게 사정을 이야기했다. 찜찜하기는 하지만 그래도 그가 알지 못하면 로비가 불가능하기 때문이다.

'그리고 입은 무거운 녀석이니까.'

애초에 사람이 입이 무겁지 않으면 브로커로서 활동도 못한다는 점도 노형진이 결단을 빠르게 내리게 하는 요소였다

"한 해에 백 명이라."

"그래."

"적지도 않지만 많지도 않군."

"막을 생각이 없는 거냐?"

"내게는 그럴 이유가 없지. 의미도 없고. 그리고 말이야, 여기서 죽나 아프리카에서 죽나 나한테는 마찬가지야."

노형진은 얼굴을 찌푸렸다.

'이런 녀석이기는 했지.'

남의 사정을 봐줄 리 없는 녀석이라는 사실은 노형진이 깜빡하고 있었다. 하긴 그러니까 브로커를 하고 있겠지만.

"솔직히 말해서 20억으로는 턱도 없다."

"뭐라고?"

노형진은 깜짝 놀랐다. 20억이라는 로비 자금은 적은 것이

아니다. 그마저도 직접 부담할 각오를 하고 하는 것이다. 그런데 불가능하다니?

"설마 그 정도 일이 벌어지고 있는데 상부에서 모를 것 같나?"

"뭐?"

노형진은 '설마.' 하는 생각이 들었다.

"애초에 노인 요양 병원은 국가의 지원을 받는다. 반대로 말하면 정부에서 주기적으로 상황을 확인한다는 뜻이지."

"설마……."

"어디까지 선이 닿아 있는지 모르지만 체계적인 살인을 모르겠지만 최소한 그쪽에서 부정하게 움직이고 있다는 것을 모르고 있을 가능성은 없다는 거지."

"설마……."

"설마가 아냐. 운이 좋다면 어디 지방 관리 쪽에서 끊어질 수도 있겠지만 운이 나쁘면 고위급까지 갈 수도 있다."

남상진은 잠시 고민에 빠졌다. 그리고 고개를 흔들었다.

"이건 그래도 고위급은 빠질 수도 있겠군."

"그런가?"

"그래."

병원에서 얼마나 많은 돈을 주는지는 모르겠지만 이런 사건은 외부로 드러나게 되면 지탄 정도가 아니라 학살의 종범이나 마찬가지가 된다. 정치적 권력을 추구하는 정치인의 특성상 이런 위험한 사건을 모른 척 넘어가기는 힘들 것이다

"하여간 이런 사건을 20억에 하기는 힘들다. 복지부 쪽부터 정치인이나 장관까지 광범위하게 들어가야 하는 거야."

"그렇게까지 할 필요가……."

"너, 법을 만드는 데에 걸리는 시간이 보통 얼마나 걸린다고 생각하냐?"

"……?"

"평균 5년이다."

"5년?"

"그래, 그나마 통과된다는 가정하에."

우리나라의 국회가 하는 일이 바로 법을 만드는 일이다. 문제는 툭하면 싸우고 툭하면 파행하는 버릇이 있는 지금의 국회에서 어떤 법이 통과되는 것은 진짜 낙타가 바늘구멍 들어가는 것만큼이나 어렵다는 것이다.

"더군다나 20억 정도 로비하는 놈들은 쌓이고 쌓였어. 그 정도로는 안 돼. 최소 40억 이상, 그나마도 네놈이 이걸 사회적으로 이슈화시켰을 때 가능하다. 그런데 증거는 없다면서? 그러면 저쪽은 네놈이 아니라 병원 쪽을 손을 들어 줄 수밖에 없지."

"흠……."

로비를 안 하는 새론. 로비를 하는 병원 쪽 재단. 누구의 말을 들어 줄지는 어찌 보면 당연한 일.

"설사 정당성이 이쪽에 있다고 하더라도 결국은 평소 로비

를 하는 쪽을 들어 줄 수밖에 없는 게 사람이다. 그걸 꺾으려
면 그들이 주는 돈보다 훨씬 더 많은 돈을 줘야 하고."

노형진은 침묵을 지켰다.

"어쩌면 40억 가지고도 부족할지도 몰라. 양쪽 다 해야 하
니까."

안 그래도 요즘 정치인들은 회기만 열었다 하면 싸우느라
고 법안들 처리가 안 되고 있다. 그걸 통과시키기 위해서는
양쪽에 다 돈을 줘야 한다. 그렇지 않으면 다른 한쪽이 방해
할 테니까.

"더럽군."

"덕분에 먹고사는 거지."

히죽 웃는 남상진. 노형진은 고개를 흔들 수밖에 없었다.

"쓰지."

"돈 많으니까 좋군."

"이러려고 번 돈이니까."

노형진이 돈을 번 이유는 편하게 살려는 목적보다는 누구
의 외압을 받기 싫어서였다. 그리고 그 돈이면 외압받는 게
아니라 외압을 줄 수도 있다.

"하지."

남상진은 고개를 끄덕거리더니 핸드폰 하나를 노형진에게
던졌다.

"이제 나한테 연락할 때는 이걸로 해라."

"이건?"

"대포폰이다."

"그 정도까지 해야 하나?"

"깔끔한 게 좋으니까."

확실히 일은 확실하게 하는 인간이었다.

"그럼 두둑하게 지갑이나 준비하라고, 고객님."

남상진은 미소를 지으면서 자리에서 일어났다.

변화를 위한 바람

"심각하더군요."

무태식 변호사와 민시아 변호사는 직접 준비한 것을 가지고 와서는 얼굴을 찌푸렸다.

"전반적으로 천성계 노인 병원처럼 체계적인 살인이 벌어지는 곳은 없는 것 같지만 일종의 방치적 살인은 많습니다."

"뭐라고요?"

송정한은 입을 쩍 벌렸고 노형진은 참담한 표정으로 얼굴을 가렸다. 알지 못했던 사실이기 때문이다.

"여기저기 알아보면서 확인해 본 결과, 심각하더군요. 전혀 관리가 안 됩니다."

무태식은 기록을 꺼내서 몇 개를 읽기 시작했다.

"일단 대표적인 예가 식사를 적게 주는 겁니다."

"적게 준다?"

"네, 그 이유가 가관이더군요."

민시아 변호사와 무태식 변호사는 여기저기를 돌아다니면서 자료를 모았다. 주로 그곳에 일하던 사람들의 증언이었다. 많은 사람들이 그곳에서 벌어지는 비인도적인 행위에 질려서 나와서 다른 일을 하기도 했던 것이다.

"그곳에 오는 수많은 노인들이 거동이 불편한 편입니다. 그러다 보니 아무래도 화장실에 가기 힘들죠. 그래서 상당수 노인들에게 기저귀를 차게 합니다만……."

무태식의 말에 따르면 많이 먹으면 많이 싼다고 먹을 것을 안 준다는 것이다. 물을 먹으면 오줌을 싸고 밥을 먹으면 똥을 싸는 게 인간이니까.

"결국 비양심적인 곳은 직원들에게 먹을 것을 조금 주라고 한답니다. 성인용 기저귀는 싼 게 아니니까요."

"우우우."

"그리고 그 경우 제대로 뒤처리를 해야 하는데 그마저도 하는 곳은 드물고요."

당연히 기저귀를 깔면 몸을 닦아 줘야 한다. 그러나 그게 귀찮아서 대충 기저귀만 갈아 주는 것도 존재한다는 것이다.

"다른 사례는 구속입니다."

"구속?"

"네."

기본적으로 사람은 움직이게 되어 있다. 하지만 노인분들은 기력이 딸리는 데다가 움직이다 넘어지거나 해서 다치면 잘 치료되지 않는다.

"그래서 아예 침대에 묶어 놓는다고 합니다."

"침대에 묶어 놓는다고요?"

"네, 생각해 보세요. 정신이 멀쩡한 사람을 움직이면 다친다는 이유로 침대에 묶어서 두는 겁니다. 그나마 그 방에 텔레비전 같은 것도 없습니다."

그냥 침대에 묶여서 하루 종일 천장만을 바라보면서 멍하니 있어야 한다. 과연 그런 곳에서 사람들이 미치지 않고 버틸 수 있을까?

"물론 일부 비양심적인 곳들의 이야기이긴 합니다만, 심한 경우 약도 쓰는 곳도 있답니다."

"약?"

"저항이 심하니까요."

사람이 갑자기 어디론가 끌려가서 억압당하게 된다면 당연히 저항하기 마련이다.

"솔직히 이건 정신병원 사태보다 심각했으면 심각했지, 덜하지는 않습니다. 그때는 최소한 거액의 돈이라도 걸렸지, 애초에 이런 곳들은 그냥 귀찮아서 그러는 겁니다. 거기 근무자들의 말에 따르면 아예 열악한 곳만 찾아다니면서 부모를 입원시키는 사람도 있답니다."

"왜인지는 알 것 같군요."

빨리 죽으라는 소리다. 잘해 주는 곳은 잘해 준다. 그러니 당연히 열악한 곳만 찾아다닐 수밖에.

"제대로 하는 곳은 환자 세 명당 간병하는 사람이 세 명 정도입니다. 하지만 이런 곳은 환자 여섯 명당 한 명이 보통이고 천성계 노인 병원은 환자 여덟 명당 한 명입니다."

노인을 요양해 본 사람은 안다. 한 명이 힘들어서 병원에 보내는데 아무리 그걸 전담해서 하는 사람이 있다고 하지만 여덟 명을 관리한다는 건 말도 안 되는 소리다.

"그리고 이런 곳은 국가의 지원을 받습니다. 더불어 그 아들한테도 돈을 받죠. 새로운 수익 모델인 셈입니다."

"으음……."

정신병원 사태 이후 부자들은 다시는 그런 곳에 끌려들어가지 않기 위해서 수많은 로비를 했다. 새론이야 꺼내고 난후에 상관하지 않았지만 새론에게 구조받은 사람들은 돈도, 권력도 있는 사람들이었다. 그 때문에 엄청나게 로비를 했고그 결과, 새로운 법이 생겨서 입원시키기 위해서는 의사 세명, 그것도 다른 병원에서 따로 일하는 의사 세 명의 동의가필요하게 되었다. 심지어 그마저도 의사들끼리 짤까 봐 의사는 법원에서 지정하는 식으로 바뀌었고 말이다.

"그 후에 생긴 것이 바로 노인 요양 병원입니다. 그래서 그런지 과거와 다르게 정신병원에서 운영하는 노인 요양 병원의 숫자가 확 늘었습니다."

"으음……."

노형진이 예상하지 못한 사태였다. 원래 역사에서는 없던 일이었으니까. 하지만 노형진이 부자들을 구해 준 것이 세상을 바꾼 것이다.

원래 역사에서는 그곳에서 죽을 때까지 있었을 사람들이 나오면서 그들이 법을 만들고 그로 인해 정신병원이 수익 모델을 잃어버리자 비어 있는 공간을 이용해서 비슷하지만 전혀 다른 새로운 수익 모델을 만들어 낸 것이다.

"망할."

노형진은 이를 빠드득 갈았다.

"설마 천성계 병원을 벤치마킹한 겁니까?"

"아마도 그렇게 보입니다. 그들처럼 몰래 살인하는 건 아니지만 천성계 병원은 10년간 정신병원과 함께 운영된 곳이니까요."

당연히 새로운 정신병원이 노인을 받으려면 최고의 수익 모델을 찾으려고 할 텐데, 그게 다름 아닌 천성계였던 것이다.

"살인하려는 그들의 행동은 모른다고 해도 돈 문제로 그 방식은 빠르게 퍼져 나가는 듯합니다."

'이런 건 생각하지도 못했는데'

회귀 후에 잘못된 것을 고쳤다고 생각했다. 그리고 변호사로 그 일에 자긍심을 가지기도 했다. 그런데 생각도 못하게

그게 더 큰 악으로 돌아올 거라고는 생각도 못했다. 정신병원
에 간 사람들은 소수이고 최소한의 생존이 담보되지만, 이건
불특정 다수이고 생존 자체가 담보되지 않는 사건이 아닌가?

"이런 문화가 전반적으로 퍼져 가는 것은 심각한 문제입니다."

마지막 보고를 마친 무태식은 서류를 탁 덮었다

"정상적인 곳들은 많습니까?"

"당연히 정상적인 곳들이 대부분이죠. 문제는 돈입니다.
정상적인 곳들은 당연히 인건비가 많이 듭니다. 음식의 질도
좋구요. 입원시키는 사람들의 부담금이 커집니다. 하지만 이
런 곳은 싸죠. 그러다 보니 사정을 모르고 어쩔 수 없이 입원
시키는 사람들도 다수입니다."

"결국 돈이 없다는 것이 부모의 죽음으로 연결되는 셈이군요."

무태식은 고개를 끄덕거렸다.

"다만 천성계는 확실하게 죽여 준다는 게 좀 다른 정도일
까요?"

"일단 다른 곳에 대한 이야기도 모아 보세요."

"알겠습니다."

노형진은 회의를 끝내고 나서 바의 의자에 기대 곰곰이 생
각에 잠겼다.

'당연한 건가?'

자신이 역사를 바꾸면 그 반작용이 있기 마련이다. 물론
천성계야 그가 회귀하기도 전에 시작한 놈들이니 관련 없지

만 천성계를 따라 하는 녀석들이 많아진 것은 그가 정신병원의 주요 수입원 중 하나를 날려 버린 탓이 크다. 그 결과, 불특정 다수의 노인들이 목숨을 위협받게 된 것이다.

'좀 더 신중하게 움직여야겠어.'

단순히 사건을 해결하는 것을 떠나서 어떤 사건들은 사회 자체를 뒤흔들 수도 있다는 사실을 노형진은 머리가 아닌 가슴으로 느낄 수 있었다.

물론 자신이 일하면서 세상이 자신이 아는 것과 좀 바뀔 거라는 건 예상은 했다. 당장 대룡도 원래는 망해 가지만 지금은 성화와 싸우면서 도리어 성장하고 있지 않은가?

'그런데 나쁜 쪽으로도 변할 수 있단 말이지.'

그 대표적인 예가 바로 이번 사건이다. 몇몇을 구한 대가로 불특정 다수가 목숨을 위험하게 된 것이다.

"노 변호사, 있나?"

"네."

문이 두들기는 소리가 들리더니 송정한이 안으로 들어왔다. 그리고 갑갑한 듯 고개를 흔들었다.

"전반적으로 심각한 문제군."

"그렇겠지요."

"이건 솔직히 너무 사건이 거대해서 도대체 어디서부터 손대야 할지 모르겠어."

모든 사건에는 시작점이 있기 마련이다. 그런데 이런 사건은 너무 일이 커지기 때문에 도대체 어디서 시작할지 모를 정도였다.

"일단은 이슈화하는 게 좋다고 생각합니다. 그들의 가족이 아닌 이상 그들을 꺼낼 수는 없으니까요. 최소한 사람들이 관심을 가지고 있다는 사실을 알면 전처럼 개판으로 운영하지는 못합니다."

"무슨 수로? 언론에 제보하려고? 그걸 언론에 제보할 수나 있겠나? 병원에서 사람을 죽인다? 그걸 누가 믿어 주겠나?"

"사람을 죽이는 걸 제보할 필요는 없습니다. 사람들의 시선을 그쪽으로 쏠리게만 하면 됩니다."

"그러니까 무슨 수로? 그리고 결정적으로 그렇게 된다면 그건 다른 사람들에게 그 사건을 알려야 한다는 걸 뜻할 뿐만 아니라 우리가 움직이는 게 드러난다는 걸 뜻하기도 하는데?"

노형진은 고개를 흔들었다. 지난번에 남상진을 만나고 난 뒤 수많은 고민을 한 끝에 그는 다른 사람들의 시선을 피해서 이걸 이슈화시킬 수 있는 방법을 찾을 수 있었다.

"있습니다, 다른 사람들의 시선을 피해서 이번 사건을 이슈화시킬 수 있는 방법이. 후후후."

⚖

"이거 참. 내가 여기를 올 줄은 몰랐는데요?"

노형진은 건물을 바라보면서 입맛을 다셨다.

"나도 마찬가지야."

건물에 달려 있는 간판. 거기에는 '아버지연합 중앙 본부'라고 쓰여 있었다.

"그다지 좋은 이미지는 아니죠."

아버지연합이라는 곳은 젊은 사람들에게는 그리 좋은 집단이 아니다. 자신들의 이권을 위해서 말도 안 되는 주장을하고 협박과 폭행을 일삼으며 가끔은 아주 대놓고 법을 위반하거나 국회의원까지 폭행하는 막장 집단 중 하나이기 때문이다. 실제로 노형진은 회귀 전에 이들에게 맞은 적이 있다.

"하지만 그렇기 때문에 이들을 쓸 수 있는 겁니다."

"이들을?"

"이들은 정권의 비호를 받는 거야 뭐, 다 알려진 비밀 아닙니까?"

남상주 변호사는 고개를 끄덕거렸다. 저들은 운영비를 모두 정부에서 지원받는다. 심지어 그렇게 경찰이나 정치인들을 폭행해도 문제가 될 정도만 아니면 그냥 넘어간다. 단순히 말대꾸했다고 다짜고짜 체포되는 다른 사람들에 비하면 터무니없이 낮은 처벌이다. 정권이 그들을 비호하기 때문이다.

"하지만 그래도 여전히 욕심이 많지요."

"그렇지. 나이를 먹을수록 그런다지?"

"네."

수많은 연구 끝에 남자에 대한 재미있는 사실이 드러났는데, 나이를 먹을수록 성욕이 줄어든다는 것이다. 물론 그거야 누구나 다 아는 사실이지만 반대로 성욕이 줄어들수록 권력욕이 급속도로 강해진다는 것은 알려지지 않은 사실 중 하나였다.

"그들을 조금만 자극하면 됩니다."

"자극? 아아…… 대충 알겠군."

저들은 정부의 지원을 믿고 약간은 안하무인으로 행동한다. 그런데 저기 있는 사람들의 대부분은 나이가 60세 이상 먹은 노인들. 즉, 아차 싶으면 그런 곳에 끌려가서 갇혀 버릴 수도 있는 입장이기 때문이다.

'생각해 보면 그러지 말라는 법도 없지.'

분명 저기 속한 사람들 중 일부는 그렇게 끌려갔을 것이다. 물론 저들은 아직까지 그런 것을 생각하지 않고 있겠지만 그걸 조금만 자극해서 공포감을 유발하면 광분할 것이다.

"그러면 저들은 아마 그런 병원들을 그냥 두지는 않을 겁니다."

"그렇겠지. 후후후."

⚖

"그래서 변호사분들이 여기에는 어쩐 일이신가?"

아버지연합의 회장은 최강태는 고개를 갸웃했다. 여러 가지 이유로 사람들이 찾아오기는 하지만 변호사가 온 경우는 처음이기 때문이다.

"사실은 어떤 도움을 청하러 왔습니다."

"도움?"

"그렇습니다. 수많은 노인분들의 미래를 위해서 말입니다."

"우리는 이권 단체가 아닐세."

'이권 단체가 아니기는 개뿔.'

노형진은 속으로 비웃음이 나왔다.

여기에 있는 대부분의 노인들은 순수하게 나온다. 물론 그게 젊은 세대와 약간 다르고 그로 인해 욕을 먹기는 하지만, 그 순수함 자체는 사실이다.

하지만 다른 사람도 아닌 협회의 회장이 순수하다? 그건 지나가던 개가 웃을 일이다. 이곳뿐만 아니라 다른 곳도 임원이나 회장급쯤 되면 순수할 수가 없다.

"이권을 위해서가 아니라 여기서 일하는 여러 노인분들의 미래를 위해서입니다."

"미래라니? 일자리라도 만들어 보려고 하는 건가?"

"그건 아닙니다. 다만 소중한 것을 지키게 하려는 것입니다."

"지키게 하는 것?"

"혹시 말입니다, 어느 순간 갑자기 잘 나오던 노인분들이 안 나오는 경우, 없었습니까?"

"없겠나?"

아무래도 나이가 있는 노인들이 모이는 곳이다 보니 당연히 어느 순간 다쳐서 못 움직이거나 죽는 경우도 있다. 이제는 그것이 당연해져서 안 보이면 죽었겠거니 하면서 그저 넘어갈 뿐이다.

"그런데 어디론가 끌려가서 잡혀 있을 수도 있다는 생각, 안 하십니까?"

"응?"

노형진의 말에 최강태는 고개를 갸웃했다.

"무슨 소리야, 그게? 누가 그런 빨갱이 같은 짓을 한단 말이야!"

이들은 6.25 전쟁을 겪은 세대다. 그리고 철저한 반공 교육을 받은 세대이기도 하다. 그렇기 때문에 이들이 병적으로 싫어하는 것이 빨갱이. 노형진은 그 말을 싫어하지만 그저 모른 척했다. 이번이 그 단어를 써먹을 차례니까.

"그런 놈들 많습니다. 어르신들을 묶어 두고 정부로부터 돈을 타서 자기 주머니를 채우는 나쁜 놈들이죠."

"뭐라고? 이런 썹 쌔끼들을 봤나! 그럼 그 노인들은?"

"보시겠습니까?"

노형진은 사진 몇 개를 꺼내서 보여 줬다. 민시아 변호사가 모아 온 사진 중 좀 심한 사진들만 가지고 온 것이다.

"윽."

사진 속의 노인들은 깡마르다 못해서 거의 죽음을 목전에 둔 것처럼 보였다. 그리고 하나같이 침대에 묶여 아무것도 하지 못한 채로 그냥 그 자리에 누워서 멍하니 죽음이 오기만을 기다리고 있었다.

"이게 말이나 됩니까? 이런 짓을 하는 곳들이 우리나라 곳곳에 있습니다."

"이런 쌰앙!"

노인들이 가장 무서워하는 것은 뭘까? 다름 아닌 버려지는 것이다.

나이를 먹을수록 자신이 쓸모없어진다는 사실에 버려지는 것을 두려워한다. 그래서 더욱 이런 곳에 적극적으로 나서고 자신을 위해 주는 사람에게 잘 빠진다. 그런 그들에게 그렇게 죽어 가고 있는 모습은 그들이 생각할 수 있는 최악의 모습이었다.

"이런 곳이 있단 말이야?"

"네."

당연히 이런 사진은 본적이 없었다.

"이게 뭐야! 이게 대한민국이냐고! 저기 북한 새끼들이 사는 거랑 똑같잖아?"

최강태의 눈에는 삐쩍 말라서 죽음을 바라보고 있는 노인들이 그가 자주 보던 북한의 굶어 죽어 가는 사람들과 겹쳐 보였다.

"어?"

그 사진을 보던 최강태는 순간 사진을 넘기던 손이 멈췄다.

"왜 그러십니까?"

"잠깐 이 사람…… 간사 아냐?"

"간사요?"

"그래, 우리 협회에서 간사를 하던 사람 같은데?"

그는 자신의 눈을 의심했다. 한때 함께 일하던 사람처럼 보였기 때문이다.

"이봐! 이거 좀 와서 봐 봐! 이거 어떻게 생각해?"

그가 말하자 우르르 몰려드는 사람들. 그들은 사진을 둘러보면서 이런저런 이야기를 했다. 하지만 그 이야기는 대부분 비슷했다.

"간사 맞는데?"

"맞아. 석두인 그 사람인 것 같은데."

"잠깐만! 이 침대의 이거, 이름표 아냐?"

"누가 내 돋보기 좀 줘 봐."

그들은 그 이름표를 확대해서 거기에 쓰인 이름을 확인하고는 정신이 멍해지는 것을 느꼈다.

"석두인…….."

몇 년 전까지만 해도 그들과 함께 활발하게 활동했던 사람이다.

그는 어렸을 때 마을의 장사였다는 말처럼 힘이 넘치고 당당하고 나이치고는 무척이나 덩치가 큰 사람이었다. 그런데 사진 속의 그는 삐쩍 마르다 못해 뼈와 가죽만 남아서 그들이 보던 북한의 사진과 똑같았다. 아니, 그것보다 더했다. 최소한 북한의 사람들은 살아서 움직이기라도 하지, 이건 그저 침대에 끈으로 묶여 있을 뿐이다.

"이게 어떻게 된 거야?"

"이거, 석두인 맞지? 회장, 이게 뭐야!"

"잠깐만……. 나도 잘 모르겠어. 야! 이거 뭐야? 어떻게 된 거냐고? 분명히 자식들을 따라서 시골에 간다고 했는데!"

노형진은 속으로 쾌재를 불렀다. 우연히도 사진 속에 있는 사람이 저들이 아는 사이였던 것이다.

"억울하게 잡혀서 이렇게 죽어 가고 있습니다."

"말도 안 돼……."

"아버지연합은 나라를 위해서 많은 일을 하고 있다고 들었습니다. 물론 나라도 중요합니다. 하지만 그렇다고 해서 그 미래가 참담해서야 되겠습니까? 아니, 그렇기 때문에 노후에 마땅한 대우를 받아야 하는 것 아닙니까?"

"당연하지! 우리가 왜 빨갱이들로부터 나라를 지키려고 했는데! 이딴 모습으로 죽으려고 그런 줄 알아!"

"그렇지요?"

노형진은 슬쩍 그들의 분노를 병원 쪽으로 몰아갔다.

"이런 곳들은 여러분들을 그냥 돈으로 봅니다. 가둬 두고 묶어 두고 정부에서 나오는 돈과 자녀들이 두는 돈으로 자기

배를 채우는 거죠. 옛날에 북한군이 왔을 때 자기를 먹여 살리던 사람들을 팔아먹던 빨갱이들과 같은 짓이죠."

"당연하지! 은혜도 모르는 놈들 같으니라고."

"저희는 그걸 알고 그냥 넘어갈 수가 없었습니다. 그래서 여러분들에게 알리는 것이 합당한 일이라 생각해서……."

"내 이 녀석들을 당장……."

당장이라도 뛰어나가서 깽판을 치려고 하는 최강태였지만 그의 눈에는 주저의 빛이 드러났다.

'그렇겠지.'

사실 정부에서 주는 공식적인 지원금은 이 조직을 운영하는 데에도 부족하다. 그래서 보통 나라에서 시위하거나 움직이기를 원할 때는 따로 돈을 준다. 그런데 이번에는 나라에서 시킨 게 아니니 사비로 움직여야 하는데 돈이 있을 리 없다.

"음…… 마음 같아서는 가서 혼내 주고 싶지만 아무래도 사람들이 움직이면 먹고 마시는 데에 들어가는 돈이……."

말을 흘리는 최강태.

그럴 수밖에 없다. 아무리 열혈인 척해도 결국은 노인이다. 그 자신에게 돈이 없는데 돈을 모아서 자기 돈으로 차 빌리고 도시락까지 주문해서 가는 데에는 많은 문제가 있었다.

"압니다. 그래서 말입니다."

노형진은 품 안에서 제법 두둑한 봉투를 꺼내서 건넸다. 그리고 그걸 받아 든 최강태의 눈이 반짝였다.

"어찌 큰일을 하는 분들을 돈 때문에 고생시키겠습니까?
큰일을 하려면 당연히 돈이 필요하지요."

"크흠…… 그렇게 알아주니 고맙네."

슬쩍 봉투를 자신의 품 안으로 밀어 넣는 최강태.

"그런데 그런 병원이 많나?"

"그럼요. 알려 드릴까요?"

"그래 주면 고맙지."

⚖

"안 아까워?"

"안 아깝습니다. 이럴 때 쓰려고 번 돈이니까요."

노형진이 저들에게 준 돈은 적지 않다. 다른 사람이라면
기겁할 정도로 큰돈이다.

"거참, 통 한번 크구만."

남상주는 혀를 내둘렀다.

자기 사건도 아니다. 이걸 해결해도 돈이 생기는 것도 아
니다. 그러니 자기 돈을 써 가면서 사건을 해결하려고 한다
는 게 약간은 아까웠다. 그런데 노형진은 그 수천 배는 되는
돈을 아낌없이 쓰고 다니고 있다.

"어찌 보면 이번 사태는 제가 벌인 일일지도 몰라서요."

"자네가 뭘 했는데?"

"그런 게 있습니다."

물론 노형진은 자신이 잘못했다고 생각하지는 않는다. 사실 다시 그런 일이 생긴다면 주저하지 않고 같은 선택을 할 것이다.

"일단 이걸로 사회적인 이슈를 만들어 낼 수는 있을 겁니다."

"그렇겠지."

노형진은 뒤를 돌아보면서 중얼거렸다.

'싸움은 지금부터니까.'

청계의 망령과의 싸움은 지금부터였다.

⚖️

"이 새끼들아!"

"너희들은 어미, 아비도 없냐!"

천성계 병원 앞에 몰려든 백 명이 넘는 사람들.

그들은 하나같이 피켓을 들고 천성계 병원을 규탄한다면서 소리소리 지르고 있었다. 그 와중에 그들은 병원 앞에 이곳은 범죄자 집단이라면서 입원한 환자들의 사진을 걸어 놨는데, 그걸 본 사람들과 따라온 기자들은 깜짝 놀랐다.

"이게 뭐야?"

"이게 사람이야?"

깡마른 채로 죽어 가는 사람. 그마저도 도망갈 수 없도록 침대에 끈으로 묶여 있는 노인의 모습은 아무리 세대 차이가 있다 해도 인간적으로는 있을 수도 없고 있어서도 안 되는 일이었다.

"이게 병원이야!"

"이게 병원이냐고! 사람을 살려 내라, 이것들아!"

병원 사람들은 말 그대로 비상사태였다. 아무리 몰래 일하고 있다지만 그래도 이렇게 대놓고 사람들이 경계하는데 거사를 치를 정도로 멍청하지는 않았다.

"저 인간들은 도대체 어디서 온 거야?"

천성계 병원의 원장은 똥줄이 타는 기분이었다. 저들이 저렇게 시위하는 바람에 하루에도 몇 번이나 오던 입원 상담이 한 번도 오지 않았던 것이다.

"모르겠습니다. 아버지연합이라는 단체인데……."

"경찰에 신고는 해 봤어?"

"했는데 신고된 합법적인 시위라고, 방법이 없다는 말밖에는……."

"장난해? 우리가 그 새끼들한테 먹인 돈이 얼만데! 해결되지 않으면 와서 총으로 쏘든지 장갑차로 밀든지 해서라도 해결해야 할 거 아냐!"

원장은 죽을 맛이었다. 아무리 자신이 잘났다고 해도 어찌 보면 파리 목숨이다. 그나마 다행히 줄을 잘 잡아서 이렇게 살고 있지, 잘못 잡으면…….

"원장님."

"뭐야?"

"이사장님의 전화입니다."

차가운 비서의 목소리. 그 소리를 들은 원장은 자신도 모
르게 부르르 떨었다.

"이…… 이사장님?"

"네."

이사장. 이 병원의 진정한 주인. 그리고 그의 뒤에 있는
존재. 비서조차도 그가 뽑은 게 아니다. 이사장인 천성계가
그를 감시하기 위해서 보낸 사람이다.

"아…… 알았어."

그는 재빨리 보고하러 들어온 직원을 내보내고는 전화기
를 들었다.

-원장.

"네! 이사장님!"

자신도 모르게 벌떡 일어나는 원장.

-한구웅 원장.

"네! 말씀하십시오."

한구웅 원장은 자신의 이름을 말하는 천성계의 목소리에
등골이 오싹해졌다.

'망했다.'

그는 사람의 이름을 부르지 않는다. 어차피 버려진 놈이라

는 의미이기 때문에 기억할 이유도 없다고 생각하는 것도 있다. 그리고 자신보다 낮은 인간은 도구일 뿐이기 때문에 언제나 직급으로 부를 뿐이었다. 그가 이름을 부르는 경우는 딱 두 가지. 하나는 진짜로 그가 이름을 기억할 정도로 일을 잘해서 눈에 들었거나 더 이상 쓸모가 없다고 생각되어 쳐낼 때뿐이었다.

―한구웅 원장, 지금 안 좋은 소식이 들리던데요?

"아니요…… 그게, 저기…….."

―원인은 알아내셨습니까?

"내부자가 사진을 찍어 간 거라 생각하고 있습니다."

침묵이 흐르는 건너편. 한참이 흐르자 드디어 이사장인 천성계의 목소리가 들렸다.

―원장.

"네! 이사장님."

―내가 바보로 보여요?

"아…… 아닙니다!"

―그런데 고작 할 말이 그겁니까? 내부자가 찍었다고 생각한다? 난 그 뒤에 다른 말이 있기를 바랐는데요?

"조사 중입니다!"

―난 조사가 아닌 결과를 원합니다.

저 바깥에 걸려 있는 사진들은 분명 이 병원에서 찍은 것들이다. 당장 죽을 것 같은 사람들로 가득한 내부 상황을 찍어서 내보낼 수 있는 사람은 얼마 되지 않는다.

"그…… 그게……."

한구웅은 열심히 머리를 굴렸다. 그리고 한참이 지나서야 변호사라는 인간들이 왔던 걸 기억해 냈다.

"그러고 보니 얼마 전에 변호사라는 인간들이 왔다 갔습니다."

─변호사?

"그렇습니다. 어떤 노인을 만나러 왔었는데……."

─그걸 왜 이제야 보고합니까?

"왔던 변호사가 갑자기 기절해서 병원으로 실려 갔습니다. 그 후에 온 적은 없구요."

─그래요?

무슨 생각을 하는지 천성계는 잠시 침묵을 지켰다. 하지만 한구웅은 그 침묵이 더 공포스러웠다.

─혹시 그 변호사 이름은 압니까?

"노형진이라고 했습니다."

─노형진이라…….

천성계는 곰곰이 생각에 빠졌다. 자신이 아는 사람이기는 하다. 물론 자세하게 아는 게 아니라 요즘 잘나가는 변호사라는 것 정도로만 알고 있었다.

'그 녀석일까?'

하지만 그 녀석은 실려 나갔다. 사진을 찍을 틈이 없었다고 했다. 더군다나 그 녀석은 그 이후에 오지 않았다.

이것이 법이다

−한구웅 원장, 부하 직원 관리를 제대로 못하는군요.

결과적으로 바깥에 있는 사진은 내부에서 누군가 찍어서 내보냈다는 사실을 입증하는 것밖에 되지 않았기 때문에 천성계는 나지막하게 한구웅의 이름을 불렀다.

"아……."

−제가 몇 번이나 말했지요, 사업은 직원 관리가 절반이라고?

"그…… 그렇습니다."

−각오는 하셔야지요?

"하지만 이사장님, 제가 그러려고 그런 게 아니라……!"

−압니다. 세상은 가끔은 자기 힘으로 어쩔 수 없는 일도 생기지요.

"그렇습니다. 세상이라는 게…… 호락호락한 게 아니다 보니……."

−그런데 제가 만만한가 봅니다?

"네?"

−세상이 호락호락하지 않다는 건 알겠는데 저를 자기 마음대로 하려고 하는 걸 보니 말입니다.

한구웅은 입을 다물었다. 자신이 버틸 수 있는 방법이 없다는 것을 알아챈 것이다.

−정리하세요.

"네."

한구웅은 입을 다물었다. 천성계가 정리하라는 것은 단순히 이번 일을 어떻게 하라는 뜻이 아니었다.

"크흑……."

한구웅은 자신의 자리에 주저앉아서 그대로 머리를 부여
잡았다. 이제 자신의 커리어는 끝이었다.

'확 까발릴까?'

마음 같아서는 그러고 싶었다. 하지만 조금만 생각하면 그
럴 수 없었다. 아니, 그래서는 안 되었다.

'최소한…… 살기는 해야 할 거 아냐?'

수많은 비밀이 있는 이곳이다. 당연히 그걸 무기 삼아서
버티고 싶었다. 이대로 바깥에 나가면 이곳에서 받는 돈의 4
분의 1, 아니 5분의 1도 받기 힘들기 때문이다.

'하지만…….'

물론 그 때문에 어떻게 해서든 버티려고 한 사람들은 존재
했다. 하지만 그들은 대부분 그 말로가 좋지 못했다. 단순히
잘리는 정도가 아니라 사회적으로 완전히 매장되었다.

'그리고 증거가 없잖아.'

결정적으로 증거가 없다. 모든 것은 자신의 책임으로 벌어
진 일이다. 그러니 만일 사건이 새어 나간다면 그 모든 책임
은 자신이 지게 된다. 공식적으로 이사장은 그저 투자자일
뿐이다.

'망할…… 망할…….'

한구웅은 머리를 부여잡으면서 절망했다.

딸랑.

조용한 공간에서 울리는 목소리.

안에 들어온 남자는 주변을 두리번거렸다. 그리고 천천히 구석에 있는 빈자리에 털썩 앉았다.

"가지고 왔습니다."

그는 의자에 기대서 말했지만 정작 그의 주변에는 아무도 없었다. 그는 그곳에서 한참을 앉아서 그저 침묵을 지킬 뿐이었다. 그렇게 얼마나 지났을까?

"감사합니다."

그는 뜬금없이 자리에서 일어나서 바깥으로 나갔다. 그리고 얼마쯤 가더니 귀에서 작은 뭔가를 꺼내서 바닥에 내려놨다. 그리고 자신의 발로 힘껏 밟아서 박살을 내고는 천천히 그곳을 떠났다. 노형진은 좀 떨어진 곳에서 그 모습을 바라보고 있었다.

"아깝지 않나?"

"전혀요. 어차피 저 녀석이 할 수 있는 일은 여기까지입니다."

지금쯤 천성계 병원에서는 내부의 누군가가 사진을 찍었다는 것을 알 것이다. 그러니 내부 감시를 강하게 할 게 뻔하다.

"그렇다고 저 인간이 주요 서류에 접근할 정도로 높은 직급에 있는 것도 아니니까요."

만일 그런 인간이었다면 쉽게 관련 서류에 접근할 수 있겠지만 그렇지 않다면 데리고 있어 봐야 그다지 바뀌는 것은 없다.

"이 정도면 충분합니다."

노형진은 그가 멀어진 것을 확인하고는 그가 앉아 있던 의자로 다가갔다. 그 의자의 작은 틈에는 작은 USB가 들어 있었다.

"가짜는 아닐까?"

"들어 보면 알겠죠."

노형진은 노트북을 꺼내서 거기에 USB를 꽂았다. 그리고 그 안에 있는 음성 파일을 재생했다.

—아저씨. 뭐라고 할 말 있으면 해 보세요.

낯선 남자의 목소리. 그건 아까 그 남자의 목소리였다.

"일단 제대로 녹음된 건 확실하군."

"어차피 그런 하급직이면 이런 사건에 대해서 알 리 없으니까요."

노형진은 지난 며칠간 배신의 가능성이 가장 높은 녀석들을 찾으려고 노력했다. 그쪽에서는 범죄자니까 쉽게 적응할 거라 생각해서 강간 사건에 휘말린 놈들, 쉽게 말해서 강간했던 놈들을 그곳에 배치한 것이었지만 병원에서 실수한 것이 하나 있었으니 그런 범죄자들에게 충성심이라는 것은 없다는 것이었다.

노형진이 그곳에 다니는 직원들을 따라다닌 결과, 한 간호사가 도박에 빠져 있다는 사실을 알아차렸다. 노형진은 그에게 접근했고 아니나 다를까, 그는 도박 빚 때문에 노형진의 부탁을 들어줄 수밖에 없었다.

"하긴 그렇겠군."

남상주 변호사도 고개를 끄덕거렸다.

계획적으로 누군가를 죽인다는 것. 그것은 심각한 문제다. 그걸 다른 사람도 아니고 하급직 직원들에게 다 말해 줄 리 없다. 하급직 직원들은 그저 해야 할 일만 하는 것이리라. 그런 상황에서 그저 돈을 준다는 말에 그 간호사는 노형진이 부탁한 대로 증거 사진을 찍어 오고 녹음해 가지고 온 것이다.

-아저씨, 할 말 없어요?

계속 재생되는 음성 파일. 거기서 들리는 작은 목소리. 너무 작아서 볼륨을 최대한으로 늘려야 했지만 알아들을 수는 있었다.

-제발…… 먹을 것 좀…….

-아저씨는 먹으면 안 된다고 했잖아요. 그건 저도 방법이 없어요.

-제발…… 제발 살려 줘…….

노인네는 죽어 가는 듯한 목소리로 빌고 있었다.

-뭐든 좋아……. 제발 먹을 것 좀…….

-저도 그러고 싶은데 의사 명령으로 당분간 금식이에요.

-제발…… 흑흑흑…….

다른 녹음 역시 마찬가지였다. 제대로 기운이 없어서 말도 못해서 웅얼거리기만 하는 사람도 있었고 먹을 것을 달라고 비는 사람도 있었고 제발 살려 달라고, 내보내 달라고 비는 사람도 있었다.

"확실히 녹음되기는 했군."

남상주의 얼굴은 기분 좋다고 할 수가 없었다. 차라리 녹음이 안 되었더라도 이 사건이 가짜이기를 기도했기 때문이다. 하지만 살려 달라고 절규하는 노인들의 목소리를 들으면 가짜일 거라 생각하기가 힘들었다.

노형진은 미소를 지었다.

⚖

—살려 주세요, 제발…….

—먹을 것 좀……. 제발 먹을 것 좀…….

언제부턴가 인터넷에 돌기 시작한 노인들의 목소리. 그 목소리는 사람들의 마음을 움직이기에 충분했다.

"이게 어떻게 된 거야! 누구냐고! 범인을 잡았어야 할 거아냐!"

"그게……."

천성계에게 찍혀서 죽을 날만 기다리고 있던 한구웅은 말 그대로 죽을 맛이었다.

병원 앞에서 매일같이 시위하는 노친네들을 간신히 쫓아냈다. 원래 시위하기 위해서는 정부에 허가를 받아야 한다. 그래서 한구웅은 미리 돈을 주고 그 허가권을 모조리 자신들이 받아 냈다. 그 덕분에 어쩔 수 없이 허가받지 못한 노인네들이 접근하지 못하게 되기는 했지만 이번 일은 그것과는 비교할 수 없을 정도로 심각한 일이었다.

"어떤 놈이야?"

한구웅은 분노에 차서 부들부들 떨었다. 그럴 수밖에 없었다. 자신들이 아무리 로비한다고 해도 결국은 인터넷에서 퍼진 것을 통제하는 데에는 한계가 있기 때문이다.

"찾을 수가 없었습니다. 죄송합니다."

"뭐? 찾을 수가 없다고? 그게 말이야? 응? 그걸 말이라고 하냐고!"

"저희도 애써 찾아봤지만⋯⋯."

그곳에서 일하는 모든 직원들을 조사했지만 마땅한 흔적이 없었다.

그럴 수밖에 없었다. 노형진이 모든 거래를 현금으로 했으니 말이다. 당연히 녹음 내역상에 등장하는 녹음 당사자의 목소리는 깔끔하게 지워 버렸다. 아무리 저들이 찾으려고 해도 모든 직원을 감시할 수는 없는 노릇.

"원장님."

"또 뭐야!"

한구웅 원장은 짜증스럽게 외쳤다. 자신이 아무리 노력해도 안 되는데 비서관이 태클을 거는 것은 기분이 좋지 않았다. 물론 그를 보낸 사람이 천성계라는 사실을 모르는 바는 아니다. 하지만 그래도 기분이 나쁜 건 나쁜 거다. 더군다나 그에게 직접 이름을 불린 이상 좋게 끝날 가능성은 거의 없었다.

"손님이 왔습니다."

"손님?"

한구웅은 고개를 갸웃했다. 이 상황에 자신을 찾아올 사람은 없기 때문이다.

"네."

"돌려보내."

"후회하실 텐데요?"

한구웅의 온몸에 갑자기 소름이 쫙 돋았다. 그녀가 후회한다고 말한다는 것은 천성계와 관련이 있다는 뜻이었기 때문이다.

"들여보내! 어서!"

문이 열리면서 들어오는 한 남자. 그는 한구웅을 바라보면서 미소를 지었다.

"안녕하십니까, 원장님."

"네, 이리 앉으시죠."

한구웅은 바로 자리를 권했고 그는 미소를 지으면서 그 자리에 앉았다. 그리고 바로 본론으로 들어갔다.

"어르신께서는 무척이나 실망하셨습니다."

"아니, 저기 그게……. 제가 일부러 그런 게 아니라……."

"변명하시려는 겁니까?"

"……."

한구웅은 입을 다물었다. 잊고 있었다. 상대방은 변명이
통할 만한 사람이 아니라는 사실을 말이다.

"해결책을 제시하십시오."

"해결책?"

"네, 우리가 그냥 장난삼아서 이곳을 운영하는 것은 아니
지 않습니까?"

한구웅은 침을 꿀꺽 삼켰다.

"딱히 해결책은 없습니다만…… 애초에 한국인들은 죄다
금붕어 대가리 아닙니까? 조금만 조용히 있으면 다들 잊어
버릴 겁니다. 하하하."

"하하하……."

한구웅의 웃음을 따라 하던 남자의 얼굴이 순간 차갑게 굳
었다.

"장난하냐?"

"네?"

"지금 내가 여기 장난하러 온 거야?"

"아…… 아닙니다."

"어르신께서 하신 말씀이 맞군. 능력이라고는 없는 녀석이라더니."

한구웅은 억울한 듯했지만 이미 말을 하기에는 늦은 상황.

"간단해. 해결해. 그 후에는 어르신께서 뒤를 봐주실 거다."

"하지만 어떻게요?"

"그건 네가 해결해야 하는 거지."

남자는 차갑게 말했다. 도와줄 이유도, 도와줄 필요도 없다. 그러나 그 말을 들은 한구웅은 울상이 될 수밖에 없었다.

그들의 존재

"일단 사람들은 구하는 데에 성공한 것 같군요."

노형진의 생각대로였다. 언론에서 집중하고 주변에서 사람들이 알짱거리기 시작하자 갑자기 병원에서 사망자가 확 줄어들었다. 부담을 느낀 병원 측에서 일단 살인 사건을 줄이기 시작한 것이다.

"이건 잠깐 시간을 번 것뿐입니다. 그나저나 고문학 팀장님, 그 병원에 대한 조사는 어떻습니까?"

노형진은 알고 있었다, 이게 실질적으로 잠깐만 효과가 있다는 사실을. 그렇기 때문에 고문학에게 상황 확인을 부탁했다. 그런데 고문학은 의외로 진땀을 흘리고 있었다.

"솔직히 말씀드리면 힘듭니다."

"네?"

"실질적인 주인을 찾는 게 거의 불가능합니다. 여러모로 막혀 있어서…….."

"여러모로 막혀 있다?"

"이런 경우는 처음입니다. 제가 어지간하면 뚫고 들어가겠는데 이건…… 불가능합니다."

"불가능하다고요?"

노형진은 입을 쩍 벌렸다. 다른 사람도 아닌 고문학이다. 회귀 전 그의 능력을 봤기 때문에 그를 초빙한 것이다. 노형진을 단 한 번도 실망시킨 적이 없는 것이 바로 그였다. 그런데 그런 그가 못 찾는다니?

"한 가지만 알아냈습니다. 이사장이라는 존재 말입니다."

"이사장?"

"네, 천성계라고……. 사실 알아낸 것도 아니죠. 병원 이름 자체가 천성계 병원이니까."

"흠……."

송정한이 고민하는 얼굴이 되었다. 그리고 노형진은 잠깐 멈칫했다. 천성계라는 이름이 익숙했기 때문이다.

'그러고 보면 정신 병원 이름이 천성계라는 게 흔한 이름은 아닌데.'

그런데 자신이 이 사건을 담당했을 때부터 무척이나 그 이름이 익숙하다고 생각되었다. 아무리 생각해도 그런 이름과의 연관성은 생각나지 않았지만 말이다.

'사람 이름이라고?'

그제야 노형진은 자신이 잘못된 지점을 찾고 있다는 걸 알아차렸다. 천성계라는 이름이 익숙하다고 생각하면서도 계속 병원 이름으로만 기억에서 찾았으니 당연히 기억나지 않을 수밖에 없다.

'멍청하긴.'

"노 변호사, 왜 그래?"

"아닙니다. 뭔가 생각이 날 듯 말 듯해서요."

"뭔데?"

"잠시만요."

노형진은 곰곰이 생각에 빠졌다.

천성계, 천성계…….

하지만 아무리 생각해도 이름이 기억나지 않았다. 한 번은 들어 본 이름인데 말이다.

"한번 들어 본 적은 있는데 기억나질 않아서요."

"뭐가?"

"천성계라는 이름 말입니다. 희미하게 기억나는 게……재계 쪽이라는 기억밖에."

송정한은 고개를 끄덕거렸다.

"그런 경우가 있지. 그런데 재계 쪽이라면 말이야, 차라리 유 회장님한테 물어보는 게 좋지 않겠나?"

"유 회장님한테요?"

"그래, 그분이라면 아실 것 같은데?"

노형진은 잠시 고민하다고 고개를 끄덕거렸다.

"방금 천성계라고 했나?"

"네, 무슨 문제라도 있습니까?"

노형진은 유민택의 얼굴이 딱딱해지는 걸 보고는 고개를 갸웃했다. 자신이 아는 사람이 아니다. 그런데 유민택의 얼굴을 봐서는 상당히 중요한 사람처럼 보이기 때문이다.

"끄응…… 병원부터 시작한 건가? 그건 생각하지 못했는데?"

"왜 그러십니까? 아는 사람입니까?"

"안다? 아는 정도가 아니라 무서운 인간일세."

"무서운 인간요?"

"그래, 그는 중국인일세."

"중국인요?"

"그래, 후우……."

그는 답답한 듯이 한숨을 쉬었다.

"그의 이름은 천성계가 맞네. 중국 하남성 출신이지."

"생각보다 잘 아십니다?"

"잘 안다? 잘 알 수밖에 없지. 이 바닥에서 그놈만큼 위험한 인물도 드물거든."

"위험하다고요?"

"그래."

노형진은 고개를 갸웃했다.

"일반인은 잘 모를 걸세. 그는 기업 사냥꾼이야."

"기업 사냥꾼?"

"그래, 그는 돈이 되는 일이라면 뭐든 하지. 그 녀석은 사업가가 아니야. 그저 탐욕스러운 괴물일 뿐이지. 문제는 그 괴물이 돈과 권력을 다 쥐고 있다는 거야."

유민택의 말에 따르면 그는 원래 증권가에서 일하던 사람이라고 한다. 하지만 우연한 기회에 기업 사냥으로 막대한 돈을 벌어들이기 시작했고 그걸 이용해서 전 세계에서 기업 사냥을 하면서 엄청난 부를 이루었다고 한다.

하지만 인간의 욕심은 끝이 없는 법. 그는 막대한 부를 바탕으로 알게 모르게 한국 시장을 집어삼키려고 하고 있다고 한다.

"현금의 황제. 그게 천성계를 이르는 말일세."

"현금의 황제라니……."

"솔직히 말해서 말이야, 그의 자산은 우리보다 적을 걸세. 하지만 현금 동원력만큼은 어지간한 대기업급이야."

"뭐라고요?"

"그는 자산을 안 믿네. 오로지 현금 그 자체만 믿지."

즉, 모든 것은 현금으로 통하며 현금화할 수 없다면 그건 돈으로 취급하지도 않는 인간이라고 한다.

"그래서 그를 현금의 황제라고 하지."

"그런 녀석이 어째서……."

"그러니까. 요즘 조용하다 싶더라니."

유민택의 말에 따르면 그는 여러 곳에서 이미 한국 기업을 삼켰다고 한다. 중국과 대만 그리고 일본 등지에서 그가 어떤 패악질을 했는지 본 한국 기업들은 어떻게 해서든 방어하려고 했고 그 덕분에 아직은 자리를 잡지 못했다는 것.

"사실 그가 다른 곳을 먼저 노리지 않았다면 우리도 모르고 당했을 거야."

원래 그는 사업할 때 자신의 이름을 넣지 않는다고 한다. 그래야 나중에 정리할 때 깔끔하기 때문이다. 그래서 그인 줄 모르고 당한 기업인들이 많았다.

"도대체 어떤 식인데요?"

"어떤 식? 식이라는 것도 없어."

"네?"

"단 하나, 돈만 된다면 뭐든 하네, 천성계는."

노형진은 침묵을 지켰다. 설마 그런 사람이 있을 거라 생각하지 못했기 때문이다.

'생각해 보면 당연한 일인가?'

합법적 살인. 보통 그건 다른 사람은 생각도 못할 일이다. 아니, 애초에 킬러도 많아야 두 명이지, 수백 명씩 죽이는 것은 생각도 못한다.

"그런데 그 녀석이 도대체 병원을 가지고 뭘 한 건가?"

"그게······."

노형진은 잠시 고민하다가 입을 열었다. 어차피 그런 인간이라면 막기 위해서는 유민택의 도움이 필요하기 때문이다.

"뭐라고?"

유민택은 기가 막히다는 표정이 되었다. 그가 생각하기에는 말도 안 되는 짓이기 때문이다.

"그건 학살인데 그걸 했다고?"

"그렇겠지요."

"이런 미친······."

"돈만 된다면 뭐든 되지 않습니까?"

"끄응, 부정을 못하겠군."

당장 성화만 해도 대룡을 무너트리기 위해서 몰래 대룡건설의 건설 자재에 방사능 오염을 시켰다. 만일 우연히 발견되지 않았다면 아마도 대룡은 무너졌을 것이다.

"하긴 천성계라면 그럴 만도 하지."

"그래요? 그래. 일본에서 그 녀석 때문에 자살한 녀석들이 한두 명이 아닐세."

대표적인 방식의 기업 사냥이 주식 사냥이다. 엄청난 현금으로 어떤 기업의 주식을 긁어모은다. 그 후에 최대 주주가되면 현 주주를 쫓아내고 자기가 일종의 허수아비 사장을 세

운다. 그리고 그 허수아비 사장을 이용하여 모든 돈을 횡령한다. 심지어 기업을 담보로 엄청난 대출을 받는다. 그 후에 그 돈을 들고 도망가는 것이다. 멀쩡한 기업에 투자했던 다른 사람들은 그대로 망하는 셈이다. 그는 어차피 주주 중 한 명일 뿐이고 책임지는 것은 허수아비 사장뿐이다. 그런데 대부분의 경우 그 허수아비 사장은 막장인 상태, 즉 어차피 망해도 아무것도 잃어버릴 게 없는 상황이라는 것이다.

"그런 식으로 기업을 사냥하는 게 그의 방법일세. 그런데 대량 학살이라니……. 도대체 어떻게 이런 생각을 한 거야?"

노형진은 입안이 씁쓸해졌다. 그렇게 된 것. 그건 다름 아닌 청계의 솜씨였기 때문이다.

'망할.'

그리고 그걸로 얼마나 봤는지 모르지만 돈 맛을 본 그가 그걸 거절할 리 없다.

"심각한 일이군."

유민택은 노형진의 말에 고개를 흔들었다. 본격적으로 천성계가 들어오려고 한다면 주변의 기업들을 단단히 단속해야 하는 상황이 되는 것이다.

"정부에서 그냥 둡니까?"

"정부?"

갑자기 얼굴이 묘해지는 유민택.

"말했잖나, 그 녀석의 다름 이름이 현금의 황제라고. 그

녀석이 들어갈 때 뿌리는 돈이 얼마라고 생각하나? 상식적으로 그 녀석이 쓰는 방법은 위법일세. 하지만 그 녀석은 단한 번도 잡힌 적이 없지."

"그래요?"

"그래. 그 녀석은 말이 좋아서 현금의 왕이지, 사실 대놓고 말해서 사기꾼이야."

'하긴…….'

이 정도면 그냥 그저 그런 사기꾼이 아니라 터무니없는 대도라고 할 수 있다. 그리고 보통 그런 녀석은 정치계의 강력한 비호를 받는다.

'갑자기 그 녀석 생각이 나는군.'

우리나라 최대의 사기꾼, 조두팔. 그로 인한 피해액만 해도 무려 2조이다. 그런데 결과적으로 그는 잡히지 않았다. 애초에 정부에서는 그를 잡으려는 시도도 하지 않았다. 그리고그때 돌았던 소문 중 하나가 2조 원의 금액 중 1조는 정치인과 법조계에 뇌물로 들어갔다는 소리였다. 그리고 그 때문인지 모르지만 결국 그는 그 존재 자체조차 인정되지 않았다.

"더군다나 이른 경우는 대책이 없을 걸세."

"음……."

결과적으로 그들이 하는 모든 행위는 의료에 들어간다. 당연하다. 병원이니까. 물론 그중에 사망한다고 해도 과연 그게 신고가 될까? 그것에서 죽으라고 보낸 것은 그들이다.

"아무리 자네라고 해도 말이야, 상대방이 너무 거물이야."

"상관없습니다. 현금이라고 한다면 저도 적지 않으니까요."

"그렇지."

유민택이 묘한 얼굴이 되었다.

'그러고 보니 현금의 황제라는 이름은 어쩌면 이 녀석에게 더 어울릴지도 모르겠군.'

노형진은 영화에서 벌은 돈으로 계속 확대·재생산을 했다. 티를 내지 않아서 그렇지, 그는 상상도 못할 부자가 맞다.

"돈지랄로 싸움을 건다면 전 피하지는 않습니다."

"그런 문제가 아닐 텐데? 자네는 로비를 안 하잖아."

"그렇지요."

"그러니까 싸움이 안 된다는 거야."

"음……."

"일단 자네가 할 수 있는 데까지 최대한 해 보게나. 난 다른 사람들에게 이야기해 보겠네."

천성계가 국내에 들어왔다는 문제는 유민택에게도 쉽게 넘어갈 일은 아니었다.

⚖️

"죄송합니다."

천성계의 힘이 동원된 것은 생각지도 못한 사태였다.

"이건?"

"지난번에 주신 돈입니다. 아무래도 이런 걸 받는 것은 예의가 아닌 것 같아서요."

그에게 돈을 돌려주는 사람. 그는 다름 아닌 아버지연합의 회장인 최강태였다.

"이걸 왜?"

"우리는 더 이상 이 일에 끼어들고 싶지 않습니다."

노형진은 기가 막혔다. 최강태가 누군가? 겉으로 바른 척은 하지만 돈 욕심 많고 속까지 정치와 협잡으로 찌든 인간이다. 당연히 이런 돈을 돌려줄 인간이 아니다.

"이 돈은 제가 그냥 드린 겁니다만?"

"아닙니다. 어찌 그런 돈을 그냥 받겠습니까? 그냥 마음만 받겠습니다."

돈을 굳이 돌려주는 그를 보면서 노형진은 한 가지 사실을 알 수 있었다.

'겁을 먹었다?'

애써 돌리는 시선. 그리고 흐르는 땀. 모든 것이 그가 잔뜩 겁먹었다는 사실을 알려 주고 있었다.

"그리고 더 이상 시위도 못할 것 같습니다."

"시위도 말입니까?"

"네, 아무래도 날씨가 더워지니 어르신들의 건강도 걱정되고."

"그건 아닌 것 같은데요?"

"아무래도 몸은 조심해야지요."

마지막 말은 노형진에게 평범한 의미로 들리지 않았다.

"그럼 전 이만 가 보겠습니다. 일 때문에 바빠서……."

그는 애써 웃으면서 그곳을 떠나기 위해 몸을 일으켰다. 그 모습을 본 노형진은 그가 왜 온 건지 알 수 있었다.

'그 녀석이군.'

천성계. 그렇지 않다면 그가 돈을 굳이 돌려주면서 애써 발을 빼려고 할 리 없다. 노형진은 떠나려는 그를 붙잡으면서 머릿속에서 생각을 정리했다.

'겁을 먹었다라…….'

만일 천성계가 돈으로 회유한 것이라면 이런 분위기가 나올 리 없다. 설사 돈으로 회유했다면 노형진은 더 많은 돈으로 한 번 더 회유할 수도 있었다. 하지만 그럼에도 불구하고 돈 욕심이 많은 최강태는 아무런 말도 하지 않았다.

"다시는 이런 일로 만나지 않았으면 합니다."

"하지만 그곳에 있는 수많은 노인들은요? 친구분도 거기에 계시다고 하지 않으셨나요?"

"그건…… 어쩔 수 없지요. 시대가 흐르면 노인들은 뒤로 물러나는 것이 순리 아닙니까?"

그 말을 들은 노형진은 기가 막혔다.

'당신이 할 말은 아닌 것 같은데?'

그게 싫어서 가스통을 휘두르면서 정권의 비호를 받아 가면서 사람들에게 폭행하는 게 아버지연합이 아닌가? 그런데 물러나는 게 순리라니.

"전 더 이상 할 말이 없습니다."

명백하게 더 하고 싶지만 그럴 수 없다는 분위기를 풍기면서 나가 버리는 최강태. 노형진은 그걸 보고 얼굴을 찌푸렸다.

"이거 생각보다 심각한데요?"

"그렇지?"

그 자리에 함께 있던 송정한조차도 얼굴을 찌푸릴 정도로 그의 뒷모습에는 다급함이 느껴졌다.

"단순히 협박받은 게 아닌 것 같군요."

"그렇게 생각해?"

"네, 사실 저 나이에 당연하다면 당연한 거죠."

저들의 나이는 벌써 일흔이 넘는다. 사실 저 나이에는 나이를 믿고 막 나가는 경우가 많다. 누구를 때려도 감옥에 보내면 죽을까 봐 안 보내는 경우가 대부분이기 때문이다. 그런데 그런 사람이 갑자기 극도로 두려워하면서 꼬리를 만다는 것은 그가 아닌 다른 사람, 즉 가족에 대한 위협이 가해졌을 가능성이 높다는 소리다.

"기억을 읽을 수 있을까?"

그가 마시던 잔을 보면서 묻는 송정한. 하지만 노형진은 그럴 생각이 없었다.

"전에도 말씀드렸다시피 제 마음대로 되는 게 아니라서

요. 그리고 설사 된다고 해도 뭐, 읽어 볼 필요가 있겠습니까? 이렇게까지 할 수 있는 사람은 극히 일부뿐인데요."

"하긴."

송정한 역시 상황을 안다는 듯 고개를 끄덕거렸다. 저들을 이 정도로 겁먹게 할 수 있는 것. 그건 다름 아닌 정치권이다. 그들을 후원하고 있기 때문에 그것만 끊어 버리면 저들은 돈도, 힘도 없는 늙은이들이 되는 것이다.

하지만 그게 끝이 아니었다.

"진짜 순식간이군."

단 며칠 사이에 모든 기록이 사라졌다. 신문 기사의 경우 그 뉴스가 인터넷에서 사라졌고 인터넷에 누군가 퍼트린 소식은 누군가의 신고로 삭제되었다. 심지어 몇몇은 허위 사실 유포 및 명예훼손으로 고발되면서 인터넷상에는 천성계 병원에 대한 어떤 말도 남지 않았다.

"돈의 힘은 상당하군요."

"허, 기가 막히구만."

송정한은 혀를 내둘렀다. 이렇게 일사불란하게 모든 것이 삭제되는 경우는 드물다. 아니, 거의 불가능에 가깝다. 하지만 돈의 힘은 대단했다.

"일단은 우리가 상대하는 것은 대기업이라고 봐야 합니다. 천성계의 자금 동원력은 대기업급이라고 해야 하니까요."

"음……."

"아마 그 녀석의 자금 동원력은 혼자만의 힘이 아닐 겁니다."

"혼자만의 힘은 아닐 거라니?"

"아무리 혼자가 잘났어도 그 정도의 자금 동원력을 가지는 건 불가능하지요."

"자네가 있잖아?"

"전 좀 특수한 경우죠. 그리고 애초에 기업을 가지고 장난을 칠 때는 쩐주가 있기 마련입니다."

"그렇겠군."

유민택에게 알아본 결과, 천성계는 그저 그런 주식 딜러였다. 그런데 갑자기 전면으로 나서면서 막대한 자금력을 동원하여 대만과 일본 그리고 한국의 기업 사냥을 하기 시작했다.

'이런 경우는 보통 한 가지뿐이지.'

바로 삼합회.

중국의 최대 범죄 조직.

그들이 범죄 조직이라고 해서 무조건 죽이고 납치하는 건 아니다. 도리어 그렇게 돈을 버는 데에는 한계가 있다. 그래서 그들은 머리 좋은 녀석을 이용해서 화이트칼라 범죄를 계획하여 돈을 모은다.

'그리고 그 담당이 천성계일 가능성이 높아.'

그렇지 않다면 전 세계에서 범죄를 저지를 때마다 그 죄를 뒤집어쓸 바지 사장을 구하는 것도 힘든 일이다. 하지만 그는 언제나 바지 사장을 앞세우면서 막대한 부를 집어삼켰다.

"그러니 이번 일은 단순히 천성계 문제가 아니라 대기업 문제로 해결해야 합니다."

"하지만 그렇다고 해도 말이야, 이걸 어떻게 할 방법이 없지 않나?"

"아니요, 있습니다."

"있다?"

"네, 기본으로 돌아가면 됩니다."

"기본?"

송정한은 고개를 갸웃할 수밖에 없었다.

"기본이라."

송정한은 차 바깥으로 움직이는 남자를 바라보았다. 그는 짜증스러운 얼굴로 걸어가고 있었다.

"저 사람입니다."

노형진은 그를 가리키고는 미리 준비한 서류를 살피기 시작했다.

"윤장중. 윤미선 양의 큰아버지 됩니다. 그리고 친아버지를 병원에 입원시킨 사람이고요."

"기본이라 맞군. 내가 왜 그 생각을 못했을까?"

"그럴 수밖에요. 워낙 큰 사건이잖습니까? 그래서 가끔은 작은 것을 잃어버리기 마련입니다. 하지만 어떤 건 작은 것에 해결책이 있기 마련이지요."

송정한은 고개를 끄덕거렸다. 워낙 일이 커져서 그렇지, 사실 이번 사건은 윤미선이라는 작은 소녀가 할아버지를 걱정한 데서 시작된 것이다.

"기록에 따르면 윤장중은 현재 사업이 휘청거리고 있습니다. 그런데 아버지가 30억대 재산가지요. 그가 죽으면 못해도 10억 이상의 상속을 받게 됩니다."

"결국 돈인가?"

"그렇지요."

노형진은 천천히 그의 서류를 살피기 시작했다.

"주변의 이야기에 따르면 성격은 극도로 독단적이고 공격적이랍니다. 무엇보다도 남이 자기 말을 안 들으면 무척이나 공격적으로 대응한다고 합니다. 특히 남이 바른말을 하는 걸 못 버틴다네요."

"전형적인 패배자로군."

당장 돈이 많아서가 아니다. 저러는 이유는 간단하다. 자신이 없기 때문이다. 그래서 누군가 자기보다 잘났다는 걸 인정하지 않는 것이다.

"이번에 아버지를 요양소에 넣는 것도 그렇습니다. 일이 터지고 난 후 윤미선 양의 부모님이 꺼내려고 했답니다. 하지만 윤장중과 고모인 윤성주가 결사반대를 했다고 하더군요."

윤미선의 말에 따르면 윤장중은 골프채까지 가지고 와서 휘두르면서 깽판을 쳤다고 한다.

"결국 가족의 안전 때문에 윤미선의 부모님이 어쩔 수 없이 물러났다고 합니다."

"경찰은 안 불렀대?"

"불렀죠. 그런데 아시잖습니까?"

송정한은 고개를 끄덕거렸다. 우리나라 경찰은 이런 일이 생기면 가족끼리 문제라면서 뒤로 스윽 빠져서 좋게 해결하라는 소리만 한다.

"결과적으로 윤미선 양의 할아버지는 계속 그곳에 있는 상황입니다."

"죽이려고 하는 게 목적이겠군."

"지금 남은 사람들이 다 그런 목적이겠지요."

많은 사람들이 그곳에서 나왔다. 하지만 3분의 2 정도의 환자들은 그곳에 버티고 있다. 지금이야 조용하지만 얼마 전까지만 해도 이런 문제로 시끄러웠던 곳이다. 그런데 왜 안 뺄까?

'죽이는 게 목적인 거지.'

당연하다. 그러기 위해서 그곳에 넣은 거니까.

"그리고 그걸 증명할 만한 무언가가 저자에게 있을 겁니다."

그리고 그걸 손에 넣을 수 있다면 그곳을 날려 버릴 수 있다는 생각에 노형진은 윤장중을 차갑게 노려보았다.

"지금부터 사냥의 시작입니다."

사냥의 시간

"요즘 몸이 허한가?"

윤장중은 고개를 갸웃거렸다. 요즘 들어 등골이 서늘한 것이 누군가 자신을 보는 듯한 느낌이 자주 들었기 때문이다.

"별일은 없겠지, 뭐."

그는 힐끗 뒤를 돌아봤지만 눈에 띄는 것은 없었다. 수많은 사람들이 그저 무심하게 지나갈 뿐.

그는 다시 고개를 돌려서 어디론가 향하기 시작했다. 그러자 입간판 뒤에 서 있던 고문학은 스윽 모습을 드러냈다.

"내가 좀 늙었나?"

그는 잠시 고개를 갸웃하고는 다시 천천히 걷기 시작했다.

"그의 일상은 단조로운 편입니다."

고문학은 며칠간 윤장중을 따라다녔다. 그의 비밀을 캐기 위해서는 그의 삶의 사이클을 알아야 하기 때문이다.

"다만 요즘은 사채 회사에 좀 다니는 것 같더군요."

"사채 회사?"

"네, 보아하니 사채를 쓸 생각인 모양입니다."

"기업을 운영하는 사람이 사채를 쓸 정도면 끝장난 건데?"

차라리 사채를 쓰느니 깔끔하게 망하는 것이 재산을 지키는 방법이기 때문에 송정한은 고개를 갸웃했다. 하지만 노형진은 알 것 같았다.

"확실하게 돈이 나올 구멍이 있다는 뜻이겠지요."

"확실하게 돈이 나올 구멍이라……. 알겠군."

지금도 확실하게 윤미선의 할아버지는 죽어 가고 있다.

"아무리 윤미선 양이 노력해도 영원히 그럴 수는 없으니까요."

윤미선은 학교가 끝나면 직접 병원에 가서 병간호를 한다. 병원의 입장에서는 보호자인 그녀를 막을 수가 없어서 그나마 전보다 상태는 호전된 상황.

"다만 약이 좀 강해지기는 했지만요."

"그렇기는 하지."

허튼소리를 하지 못하게 하기 위해서 약을 강하게 쓰면서 윤미선은 전보다 더 할아버지와 대화하기가 힘들어졌다.

"그럼 그 녀석이 증거를 보관할 만한 곳이 있을까요?"

"그게…… 좀 의심스러운 곳이 두 군데 있습니다."

"두 군데?"

"회사에 있는 초대형 금고입니다. 주요 서류를 보관하는 곳인데 직원들은 접근도 하지 못하게 하더군요."

"흠."

노형진은 그 가능성을 생각하다가 고개를 흔들었다.

"그곳은 아닐 겁니다."

"왜요?"

"사채를 쓰는 사람은 언제 압류가 들어올지 모릅니다. 그리고 가장 먼저 압류하는 것은 다름 아닌 금고지요."

"아!"

금고를 압류하게 된다면 분명히 관련 증거가 드러날 텐데 그걸 그 안에 보관할 가능성은 낮다.

"그렇다면 집도 아니군요. 에…… 그럼 두 번째 가능성도 낮겠네요."

아무래도 두 번째는 집이라고 생각한 모양이다.

"집요?"

"네, 기록에 따르면 몇 달 전에 금고를 구입한 기록이 있습니다. 그래서 집이라면 누구도 접근하지 않으니까 거기에 있을 거라 생각했지요."

"집이라……."

노형진은 잠시 생각에 빠졌다. 그리고 고개를 갸웃했다.

"그 금고 모델이 뭡니까?"

"'블루윙 234535'라는 모델입니다."

노형진은 컴퓨터를 켜서 그에 대해 찾아봤다. 잠시 후 그의 입에서 탄성이 나왔다.

"절묘하군요."

"네?"

"이거 보십시오."

"뭐, 말입니까?"

"확인하신 게 금고 구입 여부만 확인하신 거죠?"

"네."

노형진이 방향을 돌려서 보여 준 금고는 다른 금고와는 좀 다르게 생긴 모양을 가지고 있었다. 다른 금고는 높이가 높다. 더 많이 보관하기 위해서다. 그런데 이건 뒤로 더 긴 형태였다.

"뭐, 이래요?"

"이건 매립용입니다."

"매립?"

"네, 보통 땅속에다가 뭔가를 감출 때 쓰죠. 보이시죠? 여기 입구가 이중입니다. 하나는 그냥 일반 자물쇠죠. 진짜 다이얼은 안쪽에 있습니다."

"아!"

첫 번째 문을 닫으면 그 안으로 흙이나 이물질이 들어가지 않게 만들어진 구조.

"제가 알기로는 그 녀석이 사는 곳이 아파트인데요?"

"맞습니다."

"그럼 이걸 매립할 장소는 없습니다. 다른 곳에 매립했다는 뜻이지요."

"그래요? 이거 골치 아프군요."

자신이 따라다닌 곳에 그가 매립한 곳은 없었기 때문이다.

"놓친 건가?"

"아닐 겁니다."

"네?"

"바보가 아닌 이상 그런 위험한 짓을 하지는 않겠지요."

노형진은 잠시 생각에 잠겼다. 과연 본인의 땅에 매립했을까? 그럴 가능성은 낮다. 아니, 그럴 수가 없다. 그가 가진 곳은 언제든 압류당할 위험성이 있는 곳이다.

'그가 가진 땅? 그것도 아니야.'

물론 그도 땅을 가지고 있다. 하지만 그 땅은 완전히 공개된 공간, 즉 누구든 들어갈 수 있는 형태라는 것이다. 아무리 그가 다급하다고 하지만 그렇게 아무나 들어갈 수 있는 곳에 그런 걸 감춰 둘 정도로 간땡이가 부어 있지는 않을 것이다.

'그렇다면……'

노형진은 한 가지 기억이 났다.

"할아버지를 꺼내려고 할 때 윤장중 말고 고모도 깽판을 쳤다고요?"

"네."

윤장중의 여동생이자 윤미선의 고모인 윤성주. 그녀도 함께 깽판을 쳤다고 했다. 물론 그녀는 여자이고 또 윤장중처럼 골프채를 휘두르는 건 아니라서 뒤에 묻혔지만.

"공범일 가능성이 높군요."

"공범요?"

"네, 윤성주가 함께 가서 깽판을 쳤다는 건 그녀도 그곳에서 아버지를 꺼내 주고 싶지 않다는 소리니까요."

"아차!"

다들 잊고 있던 존재였다. 하긴 이 사건의 주범은 윤장중 한 명이라고 생각하고 있었으니까.

"이 사건 전반에서 윤성주의 존재감이 약하기는 하지만 아버지가 들어갈 때부터 지금까지 그는 모든 일에 한축을 담당하기는 했습니다."

"하지만 윤성주는 금고 같은 걸 산 적이 없는데요?"

"윤장중이 줬겠지요."

"네? 금고를요? 그렇게 무거운 걸 어떻게?"

"이 금고는 그렇게 무겁지 않습니다."

인터넷에 나와 있는 성능표를 보면 대략 금고의 무게는 50

킬로그램 정도.

"한 명이 들기는 약간 무겁지만 두 명이 들면 못 들을 정도는 아닙니다. 힘 좋은 사람은 한 사람이 들 수 있구요."

"음……."

"아마 윤장중이 금고를 사서 줬을 겁니다."

그렇게 하면 누구도 윤장중의 집에 없는 금고를 털 수는 없을 것이다. 더군다나 윤성주는 압류할 수 있는 대상도 아니다. 당연히 그가 보관하는 것은 안전하게 보관할 수 있다.

"혹시 윤성주의 집 주소를 아는 게 있습니까?"

"여기 있습니다."

고문학이 준 주소를 인터넷으로 찾아본 노형진은 혀를 끌끌 찰 수밖에 없었다.

"사업하다가 망한 모양이군요?"

"어떻게 아셨습니까?"

"집을 보면 알지요."

윤성주의 집은 허름한 농가였다. 제법 오래되어 보이는 건물 위로는 이제는 사라진 슬레이트 지붕이 올라가 있었다. 그나마 다행인 건 도로 옆이라서 로드 뷰에 찍혀 있다는 것 정도. 하지만 로드 뷰를 봐도 주변에 다른 집이 안 보이는 걸 보니 좀 외딴곳에 있는 집인 모양이었다.

"원래 이런 곳에 살 수도 있지 않습니까?"

"아니요, 옷을 보면 압니다."

윤성주의 사진을 톡톡 두들기는 노형진.

"이 옷은 절대 이런 곳에서 입는 옷이 아닙니다. 오래되기는 했지만 제법 고급스러운 원단을 사용했구요. 아마도 사업하다가 망해서 쫓겨난 걸로 보입니다만?"

고문학은 서류를 뒤적거리더니 고개를 끄덕거렸다.

"한 2년 전쯤에 사업하다가 망했다고 되어 있네요."

"흠……."

"아무리 그래도 아버지한테 그렇게 원한을 가질까요?"

"그럴 가능성이 높지요."

노형진의 경험상 사업하는 사람이 돈이 다급할 때 가장 먼저 손을 벌리는 대상이 부모님이다. 문제는 그 부모님이 현명한 경우다. 사업이 다시 살아날 가능성이 없다면 부모님은 보통 가차 없이 선을 끊어 버린다. 차라리 직접 돈을 쥐고 있으면서 망한 후 생계를 책임지는 게 나은 선택이기 때문이다.

"하지만 망한 당사자의 입장에서는 그게 아니지요."

부모가 돈을 안 줘서, 또는 보증을 안 서 줘서 망했다고 생각하는 게 당사자다. 그리고 그건 원한이 된다.

"가끔은 자기가 당했다고 생각하는 사람이 있으니까요."

그게 삶이다. 자기는 그를 구하기 위해서 행동했어도 누군가는 그걸 배신이라고 생각하는 것. 문제는 구하려고 했던 사람이 그다지 좋은 인간이 못되는 경우이다.

"그래서……."

"아마도요."

사전에 서로 짠 건지, 아니면 나중에 알고 지분을 요구한
건지 알 수는 없다. 확실한 것은 정황상 윤성주가 이번 사건
에 관여했다는 것이다.

"그걸 확실하게 알 수 있는 방법이 있지요."

노형진은 그것을 확실하게 하기로 했다. 그래야 사건을 끝
낼 수 있기 때문이다.

⚖️

"안 나가는군요."

"그렇게요."

윤성주는 이혼당하고 혼자 살고 있었다. 하긴 사업한다고
하다가 전 재산을 날려 먹었으니 어떤 남자가 함께하려고 하
겠는가?

"그런데 며칠 보는 게 왜 저 여자가 이번 일에 연관되었다는
증거가 된다는 건지 모르겠습니다. 아무것도 안 하는데요?"

"그 자체가 증거입니다."

"그 자체가 증거?"

고문학은 고개를 갸웃했다. 윤성주가 아무것도 안 하고 있
는 것이 가장 강력한 증거라니?

"생각해 보세요. 망한 사람이 아무것도 없는 이곳에서 놀

고먹을 수 있겠습니까?"

"당연히 불가능하죠. 아!"

그렇다는 건 어디선가 돈이 나온다는 소리다.

"제가 알기로는 윤성주도 아직 갚지 못한 돈이 있다고 들었습니다. 그런데 일하지도 않는데 먹고살 만큼 돈이 나오지요. 과연 어디서 나올까요?"

뻔하다면 뻔하다.

"그리고 그게 그녀가 관련되어 있다는 가장 강력한 증거입니다."

상식적으로 자신이 망해 가는 상황에서 놀고먹는 자신의 여동생에게 돈을 줄 사람은 없다. 즉, 그녀가 돈을 받는 데에는 이유가 있다는 소리다.

"그리고 그 이유가 바로 증거겠군요."

"그렇겠지요. 단순히 그걸 약점으로 잡혔을 수도 있겠지만 제가 봐서는 아예 처음부터 짰을 가능성이 높습니다."

"어째서요?"

"그렇지 않다면 금고를 사 줄 리 없으니까요."

고문학은 고개를 끄덕거렸다. 만일 우연히 약점이 잡힌 거라면 그가 윤성주에게 금고를 사 줄 이유가 없다.

"반대로 말하면 단순히 주는 게 아니라 저걸 꺼내지 못하도록 지키는 역을 한다고 할 수 있습니다."

"음……."

며칠간 지켜봤지만 확실히 그녀는 필요한 경우가 아니라면 나가지 않았다. 그저 집 안에서 놀고먹기만 할 뿐이었다.

　'저러니까 망하지.'

　딱 봐도 놀고먹는 걸 좋아하는 사람이 단순히 사장님 소리 듣고 싶어서 사업한 거니 안 망한 게 이상하다.

　"그럼 저 집 어딘가에 있겠군요?"

　"그렇겠지요."

　넓은 마당을 가진 집이다. 어디든 금고를 묻어 둘 수 있다. 그리고 필요 이상으로 안 나가는 것도 이상했다. 물론 주변에 집이 있는 것도 아닌 이곳에서 나가지 않을 수도 있다. 하지만 아무리 그래도 사람이 이렇게 나가지 않으면서 사는 것은 특이한 일이다. 하다못해 갑갑해서라도 바깥에 나가는 게 정상인데 지난 사흘간 나간 적이 없다.

　"어쩌죠?"

　이런 식이면 그곳을 찾을 시간이 없다.

　"흠……."

　노형진은 잠시 그곳을 바라보다가 빙긋 웃었다.

　"안 나간다면 우리가 나가게 해 주면 됩니다."

　"나가게 해 주면 된다?"

　"네. 후후후, 오늘은 그럼 이쯤할까요? 가서 필요한 장비를 찾아야 구입해야겠습니다. 후후후."

　노형진은 미소를 지으면서 허름한 집을 바라볼 뿐이었다.

다음 날 아침, 노형진과 고문학이 좀 떨어진 곳에서 한참을 기다리고 있을 때였다.

"저기 나오는군요."

헐레벌떡 뛰어나오는 윤성주. 그리고 그 앞으로 미끄러지듯 들어오는 한 대의 차량.

"택시?"

"아마 급하니까 콜택시를 불렀을 겁니다."

그녀가 타자마자 택시는 빠른 속력으로 길을 가기 시작했다. 그러자 그 모습을 지켜보던 노형진은 차 밖으로 나갔다. 당연히 고문학은 어안이 벙벙해진 채로 그걸 바라볼 수밖에 없었다.

"아니, 무슨 마술을 쓰신 겁니까?"

"마술요?"

"죽어라 안 나가던 인간이 갑자기 나가는 게 신기해서요."

"하하, 마술이 아니라 일종의 함정이죠. 윤미선 양에게 도움을 좀 청했습니다."

"도움을 좀 청해요?"

"네, 병원에 가서 깽판을 치라고 했지요."

노형진은 윤미선에게 병원에 가서 할아버지를 꺼내 오라고, 아니 꺼내 올 것처럼 하라고 말해 놨다. 그리고 그걸 도와주기 위해서 민시아 변호사까지 대동해서 그곳으로 갔다. 미성년자이기는 하지만 보호자이자 가족이 데려가겠다는데 병원의 입장에서는 뭐라고 할 수도 없는 노릇이고 거기에다 변호사까지 동행했으니 그들의 입장에서는 어떻게 해서든 그걸 막아야 한다.

"그렇다면 누굴 부를까요?"

"그렇군요."

그렇다면 그걸 막을 수 있는 사람은 다름 아닌 집안의 다른 어른들이다.

"그래서 그렇게 급하게 튀어 나간 거군요."

"네."

변호사까지 대동하고 나타날 거라 생각하지 못했겠지만 변호사가 대동한 이상 쉽지 않은 일이라는 것을 그녀는 알 것이다. 그러니 허겁지겁 뛰어갔을 테고 말이다.

"자, 그럼 우리는 슬슬 집 구경이나 해 볼까요?"

노형진은 낮은 담을 훌쩍 뛰어넘어서 안으로 들어갔다. 허름한 집이고 오래된 곳이었기 때문에 카메라 같은 것은 없었다. 하긴 이런 돈이 없을 게 뻔한 곳에 도둑질하러 오는 녀석은 그다지 많지 않겠지만 말이다.

"그나저나 감출 곳이 너무 많아서 탈이군요."

고문학은 주변을 둘러보았다. 아무리 봐도 온통 밭이었기 때문에 금고를 감출 만한 공간이 너무 많았다.

"일단 실내에 두지는 않았을 겁니다."

"그렇겠지요."

그냥 집에 둘 거면 애초에 매립용이 아닌 일반용을 구입했을 것이다. 물론 공사해서 집 안에 그걸 둘 수 있는 방법이 있기는 하다. 하지만 아무리 봐도 그런 공사의 흔적은 찾을 수 없었다.

"이 마당에 있을까요?"

"마당이라."

노형진은 마당의 땅을 탁탁 소리 나게 밟아 봤다. 하지만 넓은 곳이었기 때문에 다 확인할 수는 없었다.

"아무래도 앞쪽은 없을 것 같군요."

"그런가요?"

"네, 도로 쪽에서 이 안이 다 보이지 않습니까? 아무리 땅에 묻는 거라고 하지만 그러려면 몇 시간은 파야 해서 며칠간은 티가 날 테니 앞쪽에 묻지는 않을 겁니다. 그리고 결정적으로 금고는 튼튼하기는 하지만 열쇠 자체는 예민한 놈입니다. 형태상 문이 위로 올라오게 들어갈 텐데 만일 비가 오면 그걸 뒤집어써야 합니다. 고장 나기 쉽겠지요."

"흠."

물론 고장 나면 전문가를 불러서 열 수도 있다. 하지만 그 안에 노형진이 예상하는 것처럼 관련 증거가 있다면 과연 남에게 맡기기 힘들 수도 있다. 물론 열어 주는 사람이 그걸 보지야 않겠지만 말이다.

"그러니 비가 들이치지 않는 곳에 있을 겁니다."

"비가 들어가지 않는 곳이라……."

집 안이 아니고 비가 들어가지 않는 곳. 노형진은 그런 곳을 찾아서 이리저리 둘러보다가 적당한 곳을 찾았다.

"빙고."

"네?"

"이곳일 가능성이 높군요."

"이곳은 축사잖습니까?"

"네."

축사.

한때 소를 키웠을 거라 생각되는 공간이다. 하지만 윤성주가 소를 키울 리 없으니 지금은 텅 비어 있다.

"이곳에 있을까요?"

"이걸 보세요."

노형진은 지푸라기를 집어 들었다.

"새 겁니다."

"그런데요?"

"소가 없는데 왜 지푸라기를 깔았을까요?"

"그거야……."

이유가 없다. 소가 없는데 여기에 지푸라기를 깔아 봐야 무슨 의미가 있단 말인가?

"소 축사는 제법 넓습니다. 하지만 벽이 얇기는 하지만 바깥의 시선도 막아 주죠. 그리고 입구 쪽이 집에서 확실하게 보입니다."

노형진은 주변을 살폈다. 확실하게 소는 중요한 짐승이라서 그런지 집에서 볼 수 있는 위치에 축사가 있었다.

"그리고 이런 식으로 지푸라기를 깔아 두면 공사하고 난 후에 티가 안 날 때까지 시간을 끌 수가 있지요."

"머리가 좋군요."

"원래 인간은 이런 쪽으로 더 머리가 잘 돌아가기 마련입니다."

노형진은 말을 하면서 발로 지푸라기를 슥슥 치우기 시작했다. 그렇게 얼마나 했을까? '탁' 하는 소리와 함께 노형진의 발아래에서 다른 곳과는 다른 소리가 났다. 다른 곳은 흙이라 그다지 소리가 나지 않았다. 그런데 그 자리만은 이상하게 둔탁한 소리가 난 것이다.

"여기인가 보군요."

노형진의 말에 고문학이 달려와서 재빨리 지푸라기를 치웠고 그 아래 얇게 깔린 흙을 치우자 나무판자가 그 모습을 드러냈다.

"빙고네요."

노형진은 빙긋 웃으면서 그걸 들었다. 그 아래에는 인터넷에서 봤던 그 모델의 금고가 들어 있는 것이 보였다.

"그나저나 이걸 어떻게 열지요?"

금고를 찾기는 했지만 노형진이 금고를 열 줄은 몰랐다.

'여기서 사이코메트리를 쓸 수는 없겠지?'

다른 사건에서야 미리 정보를 얻었다고 둘러댈 수 있었지만 이건 그게 아니다. 임의로 그들이 선택한 번호다. 하지만 방법이 없는 건 아니었다.

"제가 했던 말, 기억하십니까?"

"어떤?"

"이건 말입니다, 힘 좋은 남자 두 명이면 충분히 들 수 있다고 했었지요. 자, 이제 힘줄 시간입니다. 허리는 조심하세요. 아내분한테 욕먹기 싫으니까요. 후후후"

윤장중은 와서 멍하니 비어 있는 바닥을 바라보았다.

"이게 뭐야?"

"그게…… 나도 모르겠어. 갔다 와 보니……."

윤성주는 찔끔했다. 다급하게 갔다 와 보니 잠겨 있던 소축사의 문이 열려 있었던 것이다.

"이게 뭐냐고! 여기 있던 거 어디로 갔냐고!"

"모른다니까!"

분명 그들은 이 아래를 파고 금고를 묻어 놨다. 누구도 모를 것이라 생각했다. 그런데 마치 누군가 알고 있는 것처럼 딱 그곳만을 뒤져서 그걸 꺼내 간 것이다.

"이게 어떻게 된 거냐고!"

"나…… 나도 잘 몰라. 그냥 와 보니까……."

윤성주는 변명했지만 자신이 책임지기로 한 이상 이건 심각한 문제였다.

"너 이년아. 혹시 돈 빼돌리려고 그러는 거 아냐?"

병원과 계약한 것은 자신뿐이다. 그러니 그녀가 그걸 빼돌려서 돈을 더 받으려고 한다면 자신이 불리해진다.

"내가 그럴 리 없잖아!"

"웃기는 소리 하지 마! 네가 돈독이 올라서 마구 사치하고 다니는 거 모를 줄 알아?"

"내가 뭘 어쨌다는 거야! 난 몰라."

"네년이지! 네년이 한 거지?"

"내가 훔치려면 그것만 꺼내지, 미쳤다고 그걸 통째로 훔치냐!"

"비번을 모르니까 그렇겠지!"

"뭐라고? 나 몰래 비번 바꿨어?"

윤장중은 아차 했다. 몰래 와서 비번을 바꿨던 것은 비밀이었던 것이다.

"그러는 너야말로 나 등치려고 한 거 아냐?"

"너? 지금 너라고 했냐? 이년이 미쳤나?"

결국 자기 성질을 못 이기고 윤성주의 뺨을 때리는 윤장중. 하지만 그게 실수였다.

　"그래, 죽여라! 죽여!"

　"이년이! 그래, 너 죽이기 전에 금고 어디다 뒀는지 불어, 이년아!"

　그렇게 그들은 서로의 머리끄덩이를 잡고 격하게 싸우기 시작했다. 불행히도 그때 노형진은 그 금고를 열고 내용물을 꺼내고 있었다.

　"하나뿐이군."

　"그렇겠지요. 중요한 걸 감추려고 산 것이니까요."

　노형진은 그 안에 있던 누런 서류 봉투를 보면서 고개를 끄덕거렸다. 그리고 그걸 천천히 열어서 그 안에 있는 서류를 쫙 펼쳤다.

　"입원 계약서?"

　그 안에 있는 것은 고작 입원 계약서뿐이었다. 그걸 본 송정한은 고개를 갸웃했다.

　"이런 거야 흔한 거잖나?"

　"물론 입원 계약서야 흔하지요."

　노형진은 다른 서류들을 꼼꼼하게 살폈다. 하지만 서류는 보이지 않았다.

　"이런……."

　분명 증거가 있을 거라 생각한 송정한은 안타까움과 당혹

감이 몰려왔다. 도둑질까지 하면서 가지고 온 것인데 가진 거라고는 고작 입원 증명 서류라니.

"이상한데요?"

노형진도 고개를 갸웃할 수밖에 없었다.

"다시 한 번 확인해 보죠."

고작 이런 거라면 이런 식으로 꽁꽁 감출 이유가 없다.

"잘 찾아보게. 증거가 있을 거야."

송정한 역시 몇 번이나 서류를 확인했지만 그건 그저 천성계 병원에 입원시킬 때 계약한 계약서뿐이었다.

"어째서 아무것도 없지?"

"당연하다면 당연한 거죠."

노형진은 왠지 알 것 같았다.

"세상에 킬러에게 계약서를 써 주는 사람은 없을 테니까요."

"그거야 그렇다 치고, 그럼 결국 입원 계약서뿐인데 왜 이렇게 꽁꽁 보관한단 말인가?"

"그렇게 말입니다."

노형진은 그 부분이 이상했다. 서류로 된 뭔가가 없을 거라는 가능성은 생각했다. 바보가 아닌 이상에야 그런 걸 종이로 남길 녀석은 없으니까. 하지만 그렇다고 해도 관련 증거가 남아 있어야 한다.

'안 그러면 이렇게 땅까지 파 가면서 감출 이유가 없단 말이지?'

결국 자신들이 찾지 못한 다른 뭔가가 있다는 소리이기 때문에 노형진은 이리저리 서류들을 살폈다. 하지만 서류는 지극히 정상적인 종이일 뿐이었다.

"이건 좀…… 당황스럽군요."

그들의 행동도, 그들이 감춘 것도 주요 증거가 있을 거라 생각했는데 아무것도 없다니.

"잠시만요."

그런데 좀 떨어진 곳에서 다른 서류를 살피던 무태식이 다가왔다.

"이거 좀 이상한데요?"

"뭐가요?"

그가 집어 든 것은 방금 전 서류를 담아 둔 누런 봉투였다. 누구도 신경 쓰지 않은 빈 봉투.

"이 부분 말입니다. 다른 곳과 두께가 다른 것 같지 않습니까?"

"두께가 다르다니요?"

"그냥 느낌이 그래서요."

그가 가리키는 부분은 종이가 붙어 있는 아래쪽이었다.

"음?"

노형진은 '혹시나.' 하는 생각에 눈을 감고 천천히 그걸 만지기 시작했다. 그리고 얼마 지나지 않아서 한 곳에 멈췄다.

"확실히 다르군요."

아주 근소하기는 하지만 그 부분의 두께가 다른 곳과는 확연하게 달랐다. 제법 두꺼운 종이기는 하지만 이렇게 차이가 날 리는 없는 일.

"열어 봅시다."

노형진은 작은 칼로 그 주변을 살살 잘랐다. 그러자 그곳에서는 작은 USB가 툭 흘러나왔다.

"이런…… 약은 놈들."

아무도 신경 쓰지 않은 봉투. 그게 원래 원본이었던 것이다. 그 안에 풀을 붙이는 위치에 절묘하게 작은 메모리 카드를 감춤으로써 누가 발견해도 안전하게 한 것이다. 일반적인 경우라면 서류에 신경 쓰지, 봉투에 신경 쓰지는 않으니까.

"머리가 좋군."

"좋은 녀석들이니 이런 짓을 하지요."

만일 자신들이 아닌 다른 사람이라면 그냥 허탕이라고 생각하면서 그걸 버렸을 가능성이 높다.

"이걸 재생할까요?"

노형진은 그걸 컴퓨터에 넣어서 작동시켰다. 잠시 후 스피커에서 익숙한 목소리가 흘러나왔다.

─걱정하지 마십시오. 우리가 전문 아닙니까?

당당하게 말하는 남자의 목소리. 노형진은 그 목소리를 듣고 대번에 그가 누군지 알 수 있었다.

"원장이군요."

"음……."

원장은 자신이 말하는 게 녹음되는지도 모르는지 신나게 떠들고 있었다.

−믿을 수 있습니까?

−믿지 않으면 가시면 됩니다. 그런데 우리같이 깔끔하게 처리하는 곳은 없을 텐데요?

남자는 침묵을 지켰다. 그리고 잠시 뭔가 마시는 듯한 소리가 들리더니 원장의 목소리가 다시 흘러나왔다.

−사망하면 우리가 사망진단서까지 다 끊어 줍니다.

−그 후에는요?

−그냥 노환인 거죠. 장례야 뭐, 알아서 치르시는 거고

결국 죽여 주고 심지어 뒤처리까지 해 준다는 소리. 그 말을 들은 남자는 뭔가 결심한 듯했다.

−보통 얼마나 걸리죠?

−짧으면 세 달. 길면 여섯 달.

−좋습니다.

−아, 그리고 혹시나 해서 말씀드리는 건데, 보수는 30%는 선불이고 나머지는 전액 현금으로 지급하셔야 합니다. 병원비는 별도고요. 우리도 쓸데없이 흔적 남기는 걸 원하지 않아서요.

−좋습니다. 확실하게 죽여 주기만 하십시오.

−걱정하지 마십시오. 여기 들어와서 살아 나간 노인네들은 없습니다. 후후후.

녹음 내역을 들으면서 노형진은 고개를 끄덕거렸다.

"이거군요."

노형진은 윤장중과 윤성주가 왜 그렇게 이걸 감추려고 했는지 알 것 같았다.

"이걸 바로 경찰로 들고 가면 되나?"

기본으로 돌아오는 순간 길이 열렸다. 그렇기 때문에 송정한은 잔뜩 기대한 얼굴이었다.

"이제 마지막 준비를 해야겠군요. 비록 법을 바꾸지는 못했지만 일단은 이게 사회에 알려지면 같은 짓은 당분간 하지 못하게 될 겁니다."

노형진은 안도의 한숨을 내쉬면서 컴퓨터를 바라보았다. 드디어 확실한 증거가 생긴 것이다.

－한구웅 원장.

"넵!"

－실망입니다.

한구웅은 등골이 오싹했다. 그의 말투가 진짜로 실망했다는 투였기 때문이다.

"제…… 제가 무슨 큰 실수라도……."

그래도 어찌어찌 사건이 수습되어 가고 있다고 생각하던

한구웅은 마음이 다급해졌다.

-몰라서 묻습니까?

전화기 너머에서 들리는 차가운 목소리. 그리고 그 너머에서 들려오는 자신의 목소리. 그걸 들은 한구웅은 자신도 모르게 털썩 주저앉았다.

"어…… 어떻게 이런 일이……?"

-내가 조심하라고 하지 않았던가요?

불법적인 일을 하는 놈들인 만큼 혹시 모를 상황에 대비해서 조심하라고 몇 번이나 말했던가? 그런데 그걸 제대로 처리하지 못하는 바람에 녹음 파일이 흘러들어 간 것이다.

-위에서 다급하게 연락이 왔더군요.

"이…… 이사장님…… 막아 주십시오! 한 번만! 제발 한 번만 막아 주십시오! 한 번만 막아 주시면 제가 목숨을 바쳐서 보필하겠습니다!"

이게 새어 나가면 그는 끝이다. 그렇기 때문에 그는 어떻게 해서든 그걸 막아야 했다. 그러나 상대방에게서는 아무런 말도 없었다.

"이사장님, 제발 한 번만……!"

그제야 들리는 목소리.

-한구웅 원장.

"네, 이사장님."

-이거 사본입니다.

한구웅은 온몸의 힘이 빠지면서 그대로 털썩 주저앉았다. 그 말은 신고한 사람들이 원본을 가지고 있다는 소리였다.

　―이미 무마할 수 있는 수준을 넘었어요.

　"이사장님, 제발 한 번만…… 한 번만……."

　그러나 천성계의 목소리는 차가웠다.

　―한구웅 원장, 당신이 저지른 일입니다. 그러니까 당신이 정리해야지요.

　"제…… 제가 정리해야 한다니요?"

　―몰라서 묻습니까?

　한구웅의 온몸이 와들와들 떨렸다.

　―난 길게 말하는 게 별로 안 좋아합니다, 한구웅 원장.

　"이사장님, 한 번만, 제발 한 번만 자비를 베풀어 주십시오! 제발!"

　―이미 자비는 넘치도록 베풀었습니다. 그리고 제가 싫어하는 것이 계약 불이행이라는 거, 잘 알지요?

　"시장님!"

　―이만 끊겠습니다.

　"한 번만 제발 용서해 주십시오!"

　하지만 이미 전화기 너머에서 들리는 소리는 '뚜' 하는 긴 신호 음뿐이었다. 그걸 들은 한구웅은 절망적인 얼굴로 전화번호를 누르기 시작했다. 그러나 그 너머에서 들려오는 목소리는 차갑기 그지없었다.

이것이 법이다

—지금 거신 번호는 없는 번호이거나……

"으아아아!"

⚖️

"어떠신지요?"

"좋지 않습니다. 도대체 어떤 놈이 이런 식으로 진료한 건
지. 너무 과도하게 약을 쓰는 바람에 신체 기관들이 다 상했
습니다."

의사는 검진을 마치고는 얼굴을 찌푸렸다.

"흑흑…… 할아버지."

윤미선은 눈물을 흐렸고 윤미선의 아버지는 이를 빠득빠
득 갈았다.

"망할 놈, 망할 놈! 내가 그놈의 말을 들으면 안 되는 거였
는데."

솔직히 요양 병원에 보낸다고 해서 처음에 결사반대를 했
다. 그런데 그렇게 잘 모신다고 우겨서 보낸 것이다. 그런데
정작 죽이려고 하다니.

"그 두 연놈은 잡았답니까?"

"아니요. 도망갔답니다."

노형진의 신고를 받은 경찰이 그들의 집에 들이닥쳤을 때
그 둘은 이미 도망친 후였다. 다른 거라고는 아무것도 없는

그걸 훔쳐갔다는 것은 그걸 노린다는 걸 알아차린 것이기 때문이다.

"하지만 오래가지는 못할 겁니다. 어차피 출국 금지가 떨어졌을 테니까요."

"빠드득."

결국 있어 봐야 한국이다. 그러니 언젠가는 잡힐 수밖에 없다.

"일단은 이 문제는 무척이나 심각하니까요."

사건이 터지기 전이라면 모를까, 터진 후에는 아무리 천성계라고 해도 막을 수가 없다. 노형진은 중간에 막힐 것에 대비해서 사본을 사방에 뿌렸다. 경찰과 검찰에 동시에 고발했고 방송국에도 넣었으며 심지어 인터넷에도 뿌렸다. 그러자 온 나라가 발칵 뒤집혔다.

"일단 그 녀석들이 도망가지는 못할 겁니다. 한국에서 벌어진 최악의 학살 사건의 주범들 아닙니까? 가장 중요한 증거를 가지고 있는 사람들이니까요."

다른 사람도 아니고 부모를 죽이기 위해서 만들어진 요양병원. 그 사실은 사람들을 패닉에 빠트렸다.

시설이 안 좋다 정도가 아니라 애초에 죽이기 위해서 모든 것이 일원화되어 있는 하나의 인간 도축장. 사람이 들어오면 아프게 만들고 죽음으로 유도하며, 죽고 나면 소속 의사가 깔끔하게 사망진단서까지 만들어 준다. 절대 걸릴 수 없는 살인이었다.

"변호사님, 고맙습니다. 제 말을 믿어 주셔서 할아버지가
사셨어요."

"아닙니다. 윤 양이 아니었다면 얼마나 더 많은 사람들이
죽었을지 모를 일입니다."

실제로 그곳은 노형진의 기억에 없다. 즉, 미래에도 계속
운영되었다는 뜻이다.

"윤 양이 그 사람들을 구한 겁니다."

노형진은 진심으로 고마운 마음에 그녀의 손을 잡았다.

"아니에요."

"맞습니다. 윤 양은 영웅이나 다름없습니다."

이제 남은 것은 하나뿐이다. 천성계 병원을 폐쇄하고 그곳
에 있는 다른 사람들을 구해 오는 것. 그렇게 된다면 희대의
학살 사건에 대한 죄를 물을 수 있을 것이다.

'법을 바꿔야겠어.'

노형진은 이번 사건을 해결하면서 많은 생각을 했다. 자신
이 개인은 구할 수 있지만 같은 사건을 막을 수는 없다. 당장
노인 요양 병원 관련된 법률이 없기 때문에 병원들은 제각각
으로 운영되어 이처럼 학살도 가능하다.

'단순히 재판에서 이기는 게 능사는 아니야.'

"노 변호사님!"

다급하게 들어온 무태식의 얼굴은 무척이나 창백했다.

"무슨 일입니까, 무 변호사님?"

"이리 와 보세요! 큰일 났습니다!"

"큰일?"

"지금 생방송 중인데…… 이리 와서 보셔야 합니다."

그의 얼굴에서 일이 단단히 잘못되었다는 사실을 알아챈 노형진과 송정한은 다급하게 휴게실에 있는 텔레비전으로 향했다. 그리고 그곳에 나오는 뉴스를 보고는 새파랗게 질렸다.

─현재 천성계 요양 병원에서 벌어진 화재로 인해 최소 마흔 명의 사망자가 발생하였습니다. 일부 노인들이 탈출하지 못하고 변을 당했다고 합니다. 소방관들의 증언에 따르면 일부 환자들이 침대에 묶여 있는 채로 발견되었다고 합니다. 이에 병원 측에서는 몇몇 환자들의 경우 극도의 공격성을 보여서 어쩔 수 없이 안전상 묶어 두었을 뿐이며 이번 사건이 벌어지면서 미처 확인하지 못한 점은…….

"이…… 이런……."

송정한은 화면에 나오는 병원을 보고 안타깝다는 듯 탄식을 내뱉었다. 누가 봐도 그곳은 자신들이 아는 그곳, 천성계 요양 병원이었던 것이다.

"이게 어떻게 된 겁니까?"

무태식조차 이해하지 못한다는 얼굴로 그곳을 안타깝게 바라볼 뿐이었다. 하지만 노형진은 이유를 알 것 같았다.

"마무리입니다."

"뭐라고요? 마무리?"

"더 이상 같은 사업은 하지 못하니까요."

"서…… 설마?"

"네, 이제 남은 계약을 마무리 지으려고 하는 것이겠지요."

아마도 묶여 있던 사람들은 자식이라는 녀석들에게 살인 의뢰를 받은 사람들일 것이다. 그리고 그들은 병원에서 발생한 불운한 화재로 인해 사망한 것이다.

"다시 말해서 저들의 계약은 이루어졌다는 뜻이지요."

"그런 미친 짓을 한단 말인가! 그게 인간의 탈을 쓰고 할 일이란 말인가!"

"애초에 이 일 자체도 인간의 탈을 쓰고 할 일이 아닙니다."

저들에게 죽은 사람들은 그저 금전일 뿐이다. 이제 와서 돌려주면 막대한 피해를 입는다. 더군다나 어차피 저 병원은 더 이상 같은 짓을 못한다. 그렇다면 깔끔하게 일을 처리하고 끝내는 게 좋다.

"화재로 인해 대상자들은 죽이고 관련 서류는 소각한다. 증거라고는 녹음 파일밖에 없으니 결국 원장은 한 건의 살인과 몇 건의 업무상 과실치사죄로 처벌받겠지요."

사람들에 대한 학살이나 다중 살인보다는 업무상 과실치사가 훨씬 처벌이 약하다. 그리고 병원으로서도 훨씬 유리하다. 그냥 화재를 핑계로 잠시 공사한다고 문 닫았다가 다른 병원으로 이름을 바꿔서 열면 그만이다.

"개자식들."

무태식은 분노해서 이를 빠드득 갈았다.

"죽일 놈들이지만…… 일 처리는 깔끔하군요."

노형진은 허탈하게 중얼거렸다. 결과적으로 그들은 아무런 처벌도 받지 않은 채로 자신들의 계약을 이행한 것이다.

"이건…… 이긴 것도…… 진 것도 아니군요."

노형진은 안타깝게 중얼거렸다.

어린 게 무슨 면죄부냐?

며칠간 새론은 우울한 분위기였다. 일반적인 변호사들은 이번 사건을 잘 모르지만 상위급은 대충 알고 있었기 때문이다.

"아쉽기는 하지만 그래도 법이 바뀐 것에 대해서는 좋게 생각하세."

"그렇기는 하지만……."

송정한의 말대로 이번 사건은 엄청나게 큰 반향을 불러왔다. 당장 불이 나서 노인들이 죽자 그 충격으로 각 노인 요양 병원에 대한 일체의 점검이 시작되었고, 정부에서는 요양 병원에 대한 법적은 제도적 장치를 만들겠다고 부랴부랴 나서고 있었다.

"안타깝습니다, 솔직히. 제가 그들을 조금만 더 알아챘더라면……."

"그 녀석들이 그렇게 극단적인 선택을 할 줄 누가 알았겠나."

화재를 감안에서 사람을 죽일 거라고는 무태식도, 송정한도, 심지어 노형진조차도 예상하지 못했다.

"중국에서는 사람 목숨을 파리 목숨으로 안다더니."

"그것보다는 난 우리나라 사법 체계에 대해서 실망이 크네."

노형진 역시 고개를 끄덕거릴 수밖에 없었다. 맞는 말이기 때문이다.

"맞습니다."

무려 서른 명이 넘게 죽었다. 그런데 정부의 처벌은 솜방망이였다. 대부분의 혐의는 증거가 소각되면서 무혐의 처리가 되어 버렸고 사방은 살인이 아니라 업무상 과실치사로 생각보다 낮은 처벌이 되었다. 다만 원장은 한 건의 살인이 증명되었기 때문에 다른 사람들보다 좀 더 강한 20년 형을 받았다.

"그나마 천성계가 그런 짓을 하지 못하게 된 게 다행이기는 한데."

천성계에게서 뇌물을 받은 정치인들도 자신들이 그런 요양 병원에서 타 죽기는 싫었던 모양인지 너도나도 요양 병원에 대한 감시를 강화하는 입법을 한 덕분에 본의 아니게 최종 목표를 이루게 되기는 했다.

"비싼 대가를 치르고 말이죠."

다만 그게 그 많은 노인들과 희생자들의 목숨으로 만들어 졌다는 것이 문제지만.

"산 사람은 살아야지."

"그래야지요."

결국 천성계는 잠수를 탔다. 하지만 일단 국내에서 그에 대한 경계심이 높아졌으니 당분간 한국에서 엉뚱한 짓을 하지 못할 것이다.

"그나저나 빨리 일해야지. 이거 원."

엄청나게 쌓여 있는 서류를 보면서 송정한을 혀를 끌끌 찼다. 천성계 사건에 매달리는 사이 이런저런 사건이 계속 들어왔기 때문이다.

"저도 빨리 일해야지요."

"뭐, 적당한 사건이라도 있나?"

"글쎄요."

"그럼 다른 변호사 좀 도와주지그래?"

"누구요?"

송정한은 서류철 하나를 노형진에게 건넸다.

"신입입니까?"

"그래, 다른 사람들이 이제 다 떠났으니 신입을 키워야지."

노형진은 고개를 끄덕거렸다. 천성계 사건이야 워낙 중요한 사건이니 내려갔던 핵심 멤버들이 올라왔지만 그렇지 않은 사건들은 여전히 신입들이 처리하고 있었다. 그리고 그들을 훈련시키는 것이 노형진의 책임이다.

"성관중이라. 지금 키우는 사람은 손예은 씨인 줄 알고 있었는데요?"

"뭐, 지금 상황이 그렇지 않나?"

"하긴……."

손예은은 법무 법인 청계 출신이다. 그리고 이번 사건을 일으킨 주범 중 하나가 지금은 없어진 청계다. 그들이 천성계에게 이런 집단 학살 방법을 만들어 준 것이다.

"그녀가 그런다고 해서 눈치 볼 것 같지는 않은데요?"

"알아. 그녀는 여전히 당당하네. 하지만 이번 사건이 새어 나가면서 청계 출신에 대한 대대적인 감사가 벌어지고 있는 모양이야."

"그런가요?"

"그래, 그래서 계속 불려 나가다 보니 이번에는 사건에 참가하기 힘들 걸세. 아무래도 자네와 타이밍을 맞추는 게 힘들 거야."

노형진은 이해한 듯 고개를 끄덕거렸다. 아무리 청계가 이 바닥에서 유명했고 꽉 잡고 있었다고 하더라도 한계가 있는 법이다. 단순히 돈 몇 푼 버는 게 아니라 실질적으로 학살할 수 있는 방법을 지도했다는 것이 변호사 사회에 엄청난 충격을 주었으니 이제 막 자리를 잡거나 청계라는 이름에서 벗어나려고 하던 청계 출신 변호사들에게 큰 타격이 될 것이다.

이것이 법이다

"어차피 한 명만 키울 건 아니잖아?"

"그거야 그렇지요."

노형진이 고개를 끄덕거리며 서류철을 열자 어색하게 웃고 있는 남자의 모습이 나타났다.

"어…… 좀…… 많아 보이는데요?"

"아, 이번에 새로 들어온 변호사일세. 근데…… 나이가 좀 문제지."

"나이가 얼마나 많기에."

"올해 마흔셋이라던가?"

노형진은 머리가 띵한 느낌이었다.

"몇 세요?"

"마흔셋. 장수생 출신이야."

"끝내주는군요."

장수생이란 사법고시를 오래 준비한 사람을 뜻한다. 보통 어느 정도 나이가 되면 사법시험을 준비하던 사람들은 포기하고 자신의 길을 찾기 마련이다. 나이가 들수록 암기력이 떨어지기 때문이다. 하지만 가끔 끝까지 버티면서 시험을 봐서 붙는 사람들이 있기는 하다.

"그럼 군대는 갔다 왔을 테고 연수원이 3년이니까 나이 마흔에 합격한 겁니까?"

"그렇지."

"거참."

다른 사람이라면 변호사로서 한창 날아다닐 시기에 이제
막 시작하려니 답이 안 보이기는 하다. 이때쯤 되면 자리를
잡아 놔야 한다. 그렇지 않으면 나이를 먹을수록 일을 받기
힘들어지기 때문이다. 그런데 이제 시작이라니.

　"뭐, 사람은 좀 괜찮은 편이야. 끈기도 있고."

　"그런데요?"

　"성적이 꼴찌야."

　"끄응……."

　신상명세서를 보니 등수가 사법시험도 꼴찌로 들어갔고
사법연수원도 꼴찌로 졸업했다.

　"이거 제가 해도 되겠습니까?"

　"왜?"

　"좀 기분 나빠하지 않을까요?"

　노형진과 비교하면 완전히 극과 극이다. 노형진은 아주 어
린 나이에 사법시험을 통과하고 군대도 법관으로 갔다 왔다.
그리고 이제 고작 스물세 살인데 상당한 이름을 떨치고 있
다. 그런데 이 사람은 이제 시작이고 더군다나 꼴찌라니. 너
무 비교되지 않겠는가?

　"사실은 말이야, 그 사람이 직접 부탁한 거야."

　"직접요?"

　노형진에게 직접 배운다는 것. 그것은 초고속으로 발전할 수
있는 기회이기 때문에 수많은 다른 변호사들이 노리고 있다.

"부탁이라니, 그건 약간 편법 아닌가요?"

"웃기지만 말이야, 그렇게 대놓고 부탁한 사람은 이 사람뿐이거든."

"네?"

"보통 넌지시 이야기하거나 기회만 살피는데, 아주 대놓고 와서 그러더군. 자네한테 일을 배울 수 있게 해 달라고 말이야. 어차피 그 나이니까 자기는 쪽팔릴 것도 없고 급하기도 하니 한 번만 봐 달라고."

"허."

"완전 철면피야."

"그래서 부탁을 들어주시는 겁니까?"

"그냥 완전 철면피도 필요하지 않겠나? 그리고 말이야, 나이는 많은데 자네와 비슷한 점이 있어."

"저와 비슷한 점?"

"어디든 쉽게 스며들어 가. 사회 경험이 많아서 그런가? 솔직히 이 바닥이 완전히 실력 위주에 공부만 한 샌님들 아닌가? 그런데도 벌써 형님 소리 들으면서 다녀."

"흠……."

"자네도 그런 면이 있지 않나?"

노형진은 고개를 끄덕거렸다. 그런 면이 있기는 하다. 그리고 변호사들 중에서 무척이나 귀한 타입이기도 하다. 대부분의 변호사들은 고개를 뻣뻣하게 드는 게 버릇 아닌 버릇이기 때문이다.

"솔직히 큰 사건은 모르지만 작은 사건들을 담당하기에는 이런 사람들이 좋지."

빠르고 쉽게 친해지기 때문에 정보를 쉽게 얻을 수도 있고 사건과 관련해서 많은 이야기를 들을 수도 있다.

"솔직히 이 사람은 큰 사건을 담당할 정도는 아니야. 하지만 잘만 가르치면 소규모 사건을 처리하는 담당으로는 좋을 것 같아."

"그렇군요."

하긴 노형진이 지금까지 키워 온 많은 변호사들은 대부분 큰 사건 위주다. 작은 사건을 몇 개 하기는 했지만 대부분 큰 사건에서 많은 것을 배웠다.

"애초에 성관중 변호사도 큰 사건에는 관심이 없더군."

"그래요?"

"자기 분수를 아는 타입이라고 할까?"

"허? 그게 제일 어려운 거 아닌가요?"

"그러니까 자네에게 한번 기회를 줘 보라고 하는 거야."

보통 사람은 야망을 가진다. 물론 능력 있는 사람이 야망을 가지는 거야 문제가 안 된다. 문제는 능력도 없이 욕심만 가진 사람이 야망을 가질 때다. 그가 위로 올라가기 위해서는 주변의 희생이 필수가 되기 때문이다. 변호사들은 대부분 야망이 있다. 그런데 야망이 없는 변호사라니.

"그냥 자네에게 소소한 거 몇 개 배워서 친서민 변호사가
되고 싶다고 하더군."

"그래요?"

"그래, 어차피 자식은 다 커서 볼 것도 없다고."

"네?"

"아, 자식이 둘이야."

노형진은 멍해졌다. 자식까지 있단다. 그런데 자식이 다
컸다니 이 무슨 말이란 말인가? 그의 나이 마흔세 살이다. 일
반적으로는 자식이 잘해 봐야 중학생이나 될 나이인 것이다.

"손자까지 있는걸."

노형진은 뒤통수를 맞은 느낌이었다.

"손자요? 잠깐, 그 손자요? 자기 자녀의 자녀?"

"그럼 다른 게 있나?"

"아니, 도대체 애를 몇 살에 낳았는데?"

"자기는 열여덟 살에 낳았다는데, 그 녀석은 또 스물한 살
에 낳았대."

그럼 고작 서른아홉 살에 할아버지가 되었다는 소리다.

"허허허허."

노형진은 참 웃어야 할지 울어야 할지 모를 묘한 표정이
되었다.

"하여간 재미있는 사람 아닌가? 하하하, 한번 만나 봐."

"그러지요."

노형진은 고개를 끄덕거리고는 바깥으로 나왔다. 그리고 주저하지 않고 성관중의 사무실로 들어갔다.

"실례합니다."

노형진이 고개를 빼꼼 내밀자 정신없이 서류 정리를 하던 그는 깜짝 놀랐다.

"아이고, 노 변호사님, 반갑습니다. 제가 부탁은 드렸지만 설마 진짜로 될 거라고 생각도 못했는데, 이거 기대 이상으로 기분 좋은데요? 하하하, 들어오세요."

노형진은 안으로 들어가면서 그를 살폈다. 청년은 아니지만 그래도 힘이 넘치는 모습.

노형진은 주변을 살피면서 피식 웃음이 나왔다.

"자유로운 걸 좋아하시나 봅니다?"

"네?"

"자유로운 삶을 좋아하시나 봐요."

"아니, 그걸 어떻게 아셨습니까?"

"사진이 죄다 바다나 하늘 같은 거잖습니까? 그러니까 탁 트인 걸 좋아한다는 뜻이지요. 그리고 애초에 열여덟 살에 첫 아이를 얻은 분이니 바른 생활 사나이는 아니지요."

"읍스, 이거 정곡을 찔렸습니다. 하하하."

그는 자연스럽게 웃으면서 노형진의 앞에 커피를 건넸다.

"그나저나 저한테도 기회가 오다니 신기하군요. 다른 변호사들이 기회를 노리는데 말이죠."

"작은 사건들을 담당하고 싶다면서요?"

"그렇지요."

"그래서 아마 기회가 갔을 겁니다. 다들 큰 사건만 생각하거든요. 하지만 사실 세상은 큰 사건보다 작은 서민들의 사건이 많으니까요."

"그건 그렇지요. 제가 노선 하나는 끝내주게 잘 잡았군요."

그는 빙긋 웃으면서 노형진의 앞에 앉았다.

"그나저나 요즘 손예은 변호사가 힘들어하던데, 보셨습니까?"

"아, 아시나요?"

"뭐, 개인적으로는 몰라도 이 나이를 먹다 보면 사람을 많이 보게 마련이거든요. 장수생 노릇하면서 알바도 많이 했고 말입니다. 티는 안 내는데 좀 어려워하더군요."

"그래요?"

"네, 특히 동기들이 거리를 두는 게 좀 있습니다."

"그런가요?"

"청계 출신이니까요."

노형진은 어쩐지 성관중이 마음이 들었다. 그 역시 예상은 했던 일이다. 하지만 누구도 그녀에게 관심을 주지 않았다. 그런데 성관중은 관심을 가지고 그녀를 유심히 살펴본 모양이다.

"어린 아가씨다 보니까 강한 척만 하지, 실제로는 강하지 못한 사람입니다. 노 변호사님이 좀 챙겨 주세요."

"이거 이거, 한 방 먹었네요."

"어익후, 별말씀을요."

빙글거리면서 웃는 성관중의 모습은 마치 오래전부터 알고 지내던 것 같은 느낌이 들게 만들었다.

'친화력이 대단하군.'

확실히 송정한이 인정할 정도로 그는 자연스럽게 상대방에게 스며들고 있었다.

"그나저나 제가 도와 드릴 만한 사건이 있나요?"

"아…… 어떤 사건이 있냐면요."

서류를 뒤적거리던 성관중은 서류철 하나를 꺼내 들었다.

"이거요."

"이건?"

"가장 많이 벌어지는 사건 중 하나입니다. 그리고 가장 억울한 사건 중 하나죠."

노형진은 그걸 받아 들고는 살피다가 고개를 끄덕거렸다.

"맞네요. 탁월한 선택이십니다."

"과찬이네요. 후후후."

"그럼 바로 움직일까요?"

"그러시죠. 운전은 제가 합니다. 하하하."

⚖

컴컴한 호프집은 잘 꾸며진 가게였다. 일반적으로 호프집은 4시가 되면 저녁 장사를 준비하기 위해서 오픈한다. 하지만 4시가 넘은 지금까지도 이곳은 아무도 없었다.

"잘되어 있군요."

"그러니까 그런 일을 당할 만하지요."

내부를 보는 사이 안쪽에서 나오는 한 남자.

"변호사님, 여기까지 어쩐 일로?"

"어쩐 일은요. 한잔 얻어 마시려고 왔죠."

"변호사님은 언제나 공짜입니다."

"에이, 공짜는 무슨 공짜입니까? 할인이나 해 주세요. 저, 대머리 되기 싫습니다."

"하하하."

분명 사건 의뢰인과 변호사로 만난 것인데도 마치 친구처럼 대화하는 두 사람.

"그런데 이분은?"

"노형진 변호사님이십니다. 이번 사건을 도와주기로 하셨지요?"

"노…… 노형진 변호사님요?"

그 말을 들은 남자는 얼굴이 굳었다. 하긴 새론에 일을 맡기면서 노형진이라는 이름을 모르기는 힘드니까.

'이거 참……'

노형진은 애써 웃으면서 그를 진정시켰다.

"그렇게 굳지 않으셔도 됩니다. 도와 드리려고 온 거니까요."

"네? 하지만……."

노형진이 해결하는 대부분의 사건은 어려운 사건들이다. 그런데 여기까지 오다니?

"물론 그런 소문도 있기는 합니다만 반대로 생각해 보세요. 우리 새론은 친서민적인 변호사 사무실이죠. 안 그런가요?"

"그…… 그렇지요?"

"제가 해결한 사건 대부분은 친서민적인 사건에서 시작된 겁니다."

남자는 고개를 끄덕거렸다.

"그러면 이제 사건 이야기를 해 볼까요?"

"노형진 변호사님이 도와주신다면야……."

그렇게 사건을 설명하기 시작하는 남자.

"제 이름은 서광수입니다. 원래는 컴퓨터 프로그래머로 일했는데……."

서광수는 원래 컴퓨터 프로그래머였다. 하지만 많은 사람들이 알고 있듯이 프로그래머로 살기에는 대한민국이 무척이나 빡빡하다. 그러다 보니 그도 다른 사람들과 마찬가지로 조기에 퇴직하고 자영업으로 뛰어들었다.

"그래서 연 곳이 이곳입니다."

"좋은 곳이군요."

"네, 제가 아이디어를 많이 넣었지요."

다른 흔해 빠진 호프와 다르게 젊은이들의 취향에 맞게 직접 디자인한 이 가게에 그는 퇴직금을 다 집어넣었다. 그런데 그게 화근이 되었다.

"처음에는 장사가 잘되었지요. 아주 잘되었습니다."

흔해 빠진 디자인도 아니고 여러 가지 아이템으로 손님들을 즐겁게 하니 손님들이 많이 오기 시작했다. 그런데 그게 문제였다.

"그러다가 영업정지를 먹었습니다."

"영업정지를요?"

"네."

경찰이 단속하러 왔는데 하필이면 미성년자가 있었던 것이다.

"그래서 한 달간 정지받았지요."

"확인하지 않으셨습니까?"

"했죠. 그런데 나중에 슬쩍 화장실에 다녀왔다고 끼어들었더라고요."

미리 일당이 들어와서 자리를 잡고 먹는다. 그 후에 미성년자가 화장실에 갔다 오는 것처럼 자연스럽게 들어와서 합석한다.

"그래서요?"

"그렇게 정지 먹고 신분증 확인을 더 강하게 하기 시작했거든요. 그런데 재오픈한 지 채 일주일도 안 돼서 또 걸린 거예요."

"네?"

노형진은 고개를 갸웃했다. 신분증 검사를 했는데 또 걸리다니?

"완전 당한 거죠."

이번에는 자기 형의 신분증을 가지고 와서 그걸 들이민 것이다. 바쁜 상황에서 아르바이트생은 비슷하게 생겼으니 그냥 무심결에 넘어간 것이고 말이다.

"그렇게 또 당해서 이 꼴입니다. 이번에는 두 달이에요."

변호사까지 나서서 싸웠지만 한번 걸렸던 전적이 있었기 때문에 이번에는 줄이지도 못하고 그대로 두 달을 쉬어야 한다.

"얼마 후면 다시 오픈하는데 그게 걱정돼서 상담하러 갔다가 의뢰한 겁니다."

"네?"

이미 사건은 끝난 것이다. 벌금도 냈고 영업정지까지 받았다. 그런데 의뢰라니?

"그냥 제 경험이라고 해 두죠."

성관중은 미소를 지었다.

"아무래도 장수생을 하다 보면 술도 많이 마시게 되기 마련이거든요. 하하하."

"그래요?"

"그런데 술을 마시게 되면서 주변 소문을 듣게 되는데 아무래도 이번 경우도 마찬가지인 것 같아서요."

"이번 경우도 마찬가지?"

"네."

"어떤 경우인데요?"

"주변에서 고의로 미성년자를 넣는 거죠."

"고의로?"

"네."

성관중의 말에 따르면 가끔 질이 안 좋은 업주들은 경쟁 상대가 들어오면 어떻게 해서든 망하게 하려고 한다. 그럴 수밖에 없다. 만일 오래되고 후줄근한 자신의 가게 옆에 깨끗한 새로운 가게가 생기면 누구든 깨끗한 곳으로 가기 마련이다.

"그럴 때 가장 많이 쓰는 방법이 미성년자를 넣는 겁니다. 한번 걸리면 한 달은 기본이고 몇 번 걸리면 영업 취소까지 나오니까요."

"음……."

노형진도 그런 소리는 들은 적이 있었다. 그리고 그런 사건이 제법 많다는 것도.

'하긴.'

물론 일부 비양심적인 사람들은 미성년자에게 술을 팔기도 한다. 하지만 실제로 그 처벌이 술집의 입장에서 강하기 때문에 알면서도 파는 경우는 채 10%도 되지 않는다.

"제가 이야기를 들어 보면 이쪽으로 걸리는 것 중 80% 이상이 이런 식으로 당하는 거라고 하더군요."

설사 고의로 넣은 것이 아니라고 할지라도 미성년자가 술을 마시기 위해서 신분증을 위조하거나 남의 신분증을 가지고 가서 술을 마시는 경우는 종종 있다. 그러면 그때 속아 넘어간 점주만 억울하게 손해를 본다.

"솔직히 이런 곳이 한번 놀면 점주는 수백만 원, 많으면 천만 원 넘게 손해를 보는데 어린애들은 아무런 처벌도 받지 않잖습니까?"

"그렇지요."

"그래서 이 사건을 한번 해결해 보려고 했습니다."

노형진은 고개를 끄덕거렸다. 성관중의 말이 맞기 때문이다.

"그래서 좀 알아보셨습니까?"

"글쎄요. 이번 경우는 주변에서 고의로 투입한 것 같더군요."

"고의로?"

"네, 이 주변을 좀 돌아봤습니다."

성관중은 이 주변 술집들을 돌아봤다고 한다. 그런데 이상한 점을 알게 되었다는 것이다. 술집들 대부분이 낡고 허름했다는 것.

"이곳에서요?"

"네."

노형진은 창밖을 바라보았다. 그리고 고개를 갸웃했다.

"이상하군요."

아주 최고의 번화가는 아니지만 제법 장사가 되는 자리다. 그렇다는 것은 어느 정도 순환되어야 한다는 뜻이다. 누군가 나가면 바로 들어올 테니까. 그런데 오래된 술집만 남아 있다는 건 이해할 수 없는 일.

'그러고 보니.'

여기저기 걸려 있는 '임대합니다.'라는 플래카드들. 그런데 그곳에 붙어 있는 대부분의 간판은 술집이다. 즉, 예전에는 술집이었다는 소리다.

"우연치고는 이상하군요."

"네, 그래서 한번 해 볼까 하고요."

노형진은 고개를 끄덕거렸다.

"잘하셨습니다."

"그런데 실수한 건 아닌지……."

"실수라니요?"

"아직 사건이 터진 것도 아닌데 말이죠."

"그건 옛날 사고방식입니다. 제가 전에도 말했다시피 변호사라는 직업은 단순히 변론만 해 주는 게 아닌, 의뢰인을 보호하는 직업입니다. 그러니 만일 피해가 있는데 그걸 구경만 한다면 그건 변호사가 아니게 되는 거죠. 따라서 그걸 고지한 후에 도움을 받겠느냐고 물어보는 게 변호사로서의 정당한 행동입니다. 이제 전처럼 목에 힘주면서 오는 손님만 받는 시대는 지났으니까요."

"그런가요?"

"네, 잘하신 겁니다."

변호사들은 오는 손님만 받는다. 우리나라에서는 스스로 사건을 찾아가지 않는다. 하지만 외국은 다르다. 스스로 사건을 찾아서 피해자에게 설명해 주고 적극적으로 사건을 수임받는다.

'우리나라에서는 품격 없다고 욕하지만.'

노형진이 맨 처음 변호사 사무실을 열었을 때 그런 식으로 많은 사건을 받았고 그 덕분에 빠르게 자리를 잡을 수 있었다.

"변호사도 마찬가지입니다. 적극적으로 상품을 판다고 욕하면 안 되죠."

성관중의 얼굴에 미소가 어렸다.

"그렇다면 어쩌죠?"

"하여간 성 변호사님의 말씀대로라면 아마도 여기가 다시 오픈되면 미성년자를 다시 넣겠군요."

"아마도요."

"그렇다고 들고 나가는 모든 사람들의 신분증을 확인할 수도 없고……."

서광수는 우울한 얼굴이 되었다.

"계획적이라……."

그런 계획이라면 단순히 이 근방에 있는 한 사람이 할 것은 아니다.

"혹시 여기 상인회에 가입하셨습니까?"

"아니요."

"왜요?"

"그쪽에서 터무니없는 조건을 내걸더라고요."

상인회의 가입 조건이 이곳에서 1년 이상 영업하든가 상인회비로 1천만 원을 내야 한다는 것이다. 당연한 얘기지만 1천만 원을 내고 가입할 사람은 없다.

"말도 안 되는 조건이군요."

"그렇지요?"

노형진은 이 사건의 뒤에 상인회가 있을 거라는 의심이 들었다.

"어떻게 막죠?"

"흠……."

노형진은 잠시 고민에 빠졌다. 미성년자라는 것이 아무래도 문제였다.

"이런 일은 원래 미성년자를 처벌해야 하는데."

"그렇지요?"

"네, 근데 법이 이상해요."

고의적으로 한 것도 아니고 명백하게 업주를 속이고 술을 마시는 거라면 미성년자를 처벌해야 한다. 하지만 우리나라 법은 미성년자라는 이유로 처벌하지 않고 무조건 풀어 준다. 그러다 보니 그런 녀석들이 계속 있다. 심지어 그 점을 악용해서 경쟁 업체에 미성년자를 집어넣는 사태도 벌어지는 것이다.

"흠······."

노형진은 잠시 고민하다가 미소를 지었다.

"그렇다면 우리가 역으로 함정을 파죠."

"역으로 함정을?"

"네, 이대로 당하면 억울하지 않습니까? 법이 지켜 주지 않는다면 우리가 스스로 지켜야지요. 후후후."

⚖️

며칠 뒤 서광수의 호프집은 다시 오픈했다. 그리고 두 번이나 정지를 먹은 만큼 확실하게 감시하기 위해서 직원이 전담해서 확인하고 있었다.

"이거, 본인 맞죠?"

"맞다니까요."

"주민번호 불러 보세요."

"○○○○○○-○○○○○○○."

손님은 바글거리는데 정신은 없고 몇몇은 짜증을 내기도 했지만 방법이 없었다.

'그나저나 큰일이네.'

서광수는 입안이 바짝바짝 말랐다. 미리 준비한다고 했지만 과연 될는지 알 수가 없었던 것이다.

"이거 본인 맞아요?"

그때였다. 입구 쪽에서 들린 소리에 서광수는 고개를 그쪽으로 돌렸다. 그쪽에서 한 무리의 사람들과 직원이 실랑이를 벌이는 것이 보였다.

"보면 몰라요?"

"이상한데."

"거참, 딱 봐도 나잖아요?"

알바생은 고개를 갸웃했다. 그럴 수밖에 없는 것이 그 사람이 맞다는 건 알겠는데 아무리 봐도 얼굴은 어려 보이는 사람이기 때문이다.

"너무 어려 보이시는데요?"

"어허허, 이거 참. 이봐요. 나 성인이라니까? 하여간 이놈의 동안은 돌겠네, 돌겠어."

"으하하하!"

친구들까지 웃자 종업원은 더 이상 막을 수가 없었다. 실제로 동안인 사람이 한두 명이 아니기 때문이다.

"실례했습니다."

"실례는 무슨. 야, 들어가자."

그들이 안으로 들어가자 서광수는 알바생에게 다가갔다.

"많이 어려 보이디?"

"네, 많이요."

"친구들도?"

"네."

"음……."

그는 잠시 고민했다.

'함정을 써야 하나?'

뭐, 나중에 문제가 될 것은 없다. 하지만 함정이라는 단어가 영 꺼림칙하기는 했다. 하지만 그냥 그렇게 넘어갈 수도 없었다.

'나만 당할 수는 없지.'

그는 마음을 굳히고는 고개를 끄덕거렸다.

"그거 가져다줘."

"네?"

"그거 가져다주라고."

"그걸요?"

"그래."

"나중에 알면 뭐라고 하는 거 아니에요?"

"그러면 술값 안 받으면 그만이야. 정지 먹는 것보다는 훨씬 나아."

알바생은 고개를 끄덕거렸다.

잠시 후 그들의 테이블로 술과 안주가 나왔다. 그렇게 한 시간쯤 지났을까?

띠링.

문에 걸린 벨이 소리를 내면서 안으로 들어오는 사람이 있었다. 그리고 그 사람을 본 서광수는 사색이 되었다.

"경찰입니다."

'이런 망할.'

아니나 다를까, 마치 기다렸다는 듯이 들어오는 경찰. 그들은 자신들의 신분증을 내밀면서 자신들이 찾아온 목적을 이야기했다.

"여기서 미성년자한테 술을 팔고 있다고 하던데요?"

"그럴 리가요. 우리가 신분증 다 확인했습니다."

⚖️

"그래요?"

경찰은 서광수의 말은 들은 척도 하지 않고 안쪽을 스윽 살피더니 어려 보이는 무리로 다가갔다. 그리고 그걸 본 서광수는 침을 꿀꺽 삼켰다.

"신분증 좀 보죠."

아니나 다를까, 그들은 마치 당연하다는 듯이 발뺌하기 시작했다.

"우리 신분증 없어요."

"뭐라고요?"

"우리 신분증 없어요. 우리 미성년자인데요?"

히죽거리면서 웃는 아이들을 보면서 서광수는 이를 빠드득 갈았다.

'진짜잖아?'

성관중이 고의로 투입하는 것 같다는 말에 믿지 않았다. 하지만 눈앞에서 그런 일이 벌어지고 있었다. 방금 전 신분증을 확인한 사람들이 갑자기 신분증이 없다면서 미성년자라니.

"그래요? 이거 안 되겠네. 여기 완전 상습이네."

"그렇게 얼마 전에 정지 먹은 지 얼마나 되었다고 또 애들한테 술을 팔아?"

"완전 양심 없네."

마치 짠 것처럼 떠드는 경찰을 보면서 그는 이를 악물었다. 노형진의 말이 생각났기 때문이다.

―이런 식으로 여러 번 할 수 있다는 건 경찰도 이런 담합에 가담했다는 뜻입니다. 더군다나 한 번도 아니고 여러 번 이런 일이 있었는데 이런 걸 조사하지 않는다는 건 그들이 관련되었을 가능성이 더 높다는 뜻이지요.

지금만 해도 그렇다. 여기는 젊은 사람들이 많이 모이는 곳이다. 당연히 이들 말고도 다른 젊은 팀도 존재한다. 그런데 경찰은 마치 알고 있었다는 듯이 이쪽으로 왔다. 즉, 사전에 알고 있을 가능성이 높다는 것.

"일단 고발해야겠네요."

경찰이 뭔가를 꺼내려고 하자 서광수도 이를 악물었다.

"그러세요."

분명히 구청에 신고하려는 것이다. 그걸 처리하는 것은 구청이니까. 하지만 서광수는 다른 방법이 있었다.

"하지만 우리는 변호사를 부르겠습니다."

"변호사?"

"네."

"그러시든가."

경찰은 무심하게 말했고 서광수는 바로 전화기를 꺼내 들었다.

"노 변호사님, 저 서광수입니다. 일이 생겼습니다. 바로 와 주셔야겠습니다."

⚖

"노형진입니다."

노형진은 경찰들에게 인사를 건네고 바로 사건 현장 수습에 들어갔다. 현장은 조용했다. 서광수가 다른 손님들에게 사정을 말하고 돌려보냈기 때문이다.

"그래서 이 아이들에게 술을 팔았으니까 영업정지를 시키겠다는 겁니까?"

"이번에는 영업정지가 아니라 영업 취소겠지요. 벌써 세 번째 걸리는 거니. 이 인간, 완전 상습범입니다."

"뭐라고요!"

서광수가 화내려고 하자 노형진은 그를 말렸다. 그리고 함께 온 성관중에게 그를 데리고 뒤에 가 있으라고 했다.

"그렇게는 안 되겠는데요?"

"당신이 뭔데?"

"당신이 무슨 고위 관료라도 돼?"

경찰의 태도를 봐서는 확실히 그들은 뭔가를 알고 있었다. 물론 노형진은 그걸 예상하고 함정을 팠고 말이다.

"일단 여기서는 저 애들한테 술 판 적이 없습니다."

"그럼 이건 뭐야!"

"다 술이잖아!"

테이블에 가득한 맥주병들을 증거라면서 가리키는 경찰들.

"한 가지만 확인하죠. 이곳은 당신들이 오고 나서 치우거나 바뀐 것 있습니까?"

"없지."

"없어."

"확실합니까?"

"그래, 확실해."

그가 어려 보인다고 깐죽거리면서 반말하는 경찰에게 노형진은 미소를 지어 보이면서 종이를 꺼내서 내밀었다.

"그럼 여기에 확인 도장 찍어 주시고요 사진 찍어 두겠습니다."

"뭐?"

"왜요? 바뀐 게 없다면서요? 일단 사건이 터지면 사건 현장을 확보하는 건 기본 아닙니까?"

"음……."

두 명의 경찰은 서로 눈치를 보더니 어쩔 수 없이 종이에 도장을 찍었다. 어려 보여서 반말하기는 하지만 어찌 되었건 변호사이기 때문이다.

"좋습니다. 그럼 여기에 변동된 거 없죠?"

"없다니까."

"그럼 우리가 확실하게 술을 팔지 않았다는 증거가 나왔네요."

"무슨 말도 안 되는 소리야?"

경찰은 얼굴을 찌푸렸다. 분명히 술을 팔았다는 증거가 테이블 위에 있다. 저 위에 노형진이 사용한 술잔과 술병이 그 증거다. 그런데 술을 안 팔았다니.

"이거 자세하게 보셨습니까?"

"뭘?"

"한번 보시죠."

노형진은 거기에 놓여 있는 술병 하나를 잡아서 경찰에게 건넸고 그는 그걸 보다가 얼굴이 딱딱해졌다.

"뭐야? 보리 음료?"

"정확하게는 무알코올 맥주입니다."

"무알코올 맥주?"

"네."

무알코올 맥주란 말 그대로 알코올이 들어 있지 않은 음료다. 맛은 맥주와 비슷하지만 알코올이 없다. 그렇기 때문에 술에 들어가지 않는다.

'후후후, 이런 건 몰랐지.'

무알코올 맥주 중 몇 가지는 현재 나오는 맥주와 디자인이 비슷한데, 그중 하나가 바로 이 상품이었다.

'술꾼도 아니고 술맛도 모르는 애송이들이 그걸 알아차릴 리 없지.'

술을 자주 마신다면 알코올의 알싸한 향이 없으니 뭔가 싶겠지만 미성년자가 그걸 알 리 없다.

"어? 그러네?"

"이것도 그렇고?"

경찰들은 이리저리 병들을 들어서 확인해 봤지만 거기에 있는 물건들은 모조리 무알코올 맥주였다. 맥주와 비슷한 디자인이기는 하지만 구석에 작게 무알코올이라고 쓰여 있었던 것이다.

"그리고 이건 음주 측정기죠."

노형진은 미리 준비한 음주 측정기를 꺼내 들었다.

"만일 우리가 술을 팔았다면 저 아이들한테서 알코올이 나올 겁니다. 그렇지요?"

"그…… 그렇겠지."

"자, 한 명씩 나와서 '후.' 하고 불어 보세요."

아이들은 쭈뼛거리면서 앞으로 나왔다. 경찰은 짜증스러운 얼굴이 되었지만 빨리하라고 손짓했고 결국 한 명씩 나와서 측정기에 입김을 불었다. 하지만 측정기에는 변동이 없었다.

"이 정도면 된 것 같은데요? 안 그런가요?"

"그러네. 누가 장난삼아 전화한 모양이네. 그럼 애들은 보내고 우린 이만."

경찰은 일이 잘못되었다고 생각했는지 그곳을 벗어나려고 했다. 하지만 노형진은 그냥 그들을 돌려보낼 생각이 없었다.

"잠시만요."

"또 왜요?"

슬쩍 존댓말로 바뀌는 경찰들의 말. 일이 꼬였다는 것을 직감적으로 느낀 거다.

"누가 신고했는지 모르지만 고마워해야 할 것 같네요."

"뭘요?"

"우리도 신고할 게 있거든요."

"신고요?"

"네."

노형진은 안쪽으로 신호했고 그 안에서 기다리고 있던 성관중과 서광수는 작은 노트북을 들고 나왔다.

"주문하신 노트북 나왔습니다."

노트북을 놓으면서 히죽 웃는 성관중. 그리고 분노한 듯 얼굴이 붉으락푸르락해진 서광수.

"자, 이걸 보시면."

화면을 재생하자 나타나는 동영상. 그걸 본 아이들의 얼굴은 새파랗게 질렸다. 자신들이 들어올 때의 그 장면이었기 때문이다.

"저거 저 아이들 맞지요?"

"그…… 그런 것 같은데요?"

"같은데 아니라 맞는데요? 이거 고해상도 카메라입니다. 확실하지 않으면 국과수 부르고요."

"맞는 것 같네요."

결국 인정하는 경찰. 그리고 그 화면에서는 분명 아이들이 신분증을 꺼내서 검사하는 것이 보였다.

"보다시피 아이들은 신분증을 검사했습니다. 안 그런가요?"

"그……."

"그런데 미성년자인 아이들이 신분증이 어디서 나왔을까요?"

"그…… 글쎄요?"

"일단은 현행범이니까 검사해야 하는 거 아닙니까?"

노형진의 요구에 경찰들은 똥 씹은 표정으로 아이들을 바라보았다. 이건 계획에 없었던 일이기 때문이다.

"저기…… 어……."

"너희들, 신분증 어디서 가지고 온 거야?"

"그…… 그게 형님 꺼 가지고 온 건데요……."

"다시는 그러지 마, 인마."

"네."

"됐지요?"

애써 넘어가려는 경찰에게 노형진은 미소를 지으면서 못을 박았다.

"형님 것을 가지고 왔다라. 그러면 우리는 그 형님이라는 사람을 공문서 부정 행사 방조죄로 고발해야겠네요."

"그……."

"자, 그 신분증을 보자니까요."

그들은 슬쩍 문을 보면서 눈치를 살피기 시작했다. 물론 노형진이 그런 그들을 놓칠 리 없었다.

"문 잠가요."

"네, 기꺼이."

성관중은 문으로 다가가자 아이들은 도망가려다가 멈출 수밖에 없었다.

"이…… 이거 감금 아니에요? 감금?"

어떤 녀석이 애써 억지를 써 보려고 했지만 노형진은 피식 웃었다.

"애초에 범죄자의 체포를 목적으로 도주로를 차단하는 것은 감금이 아니란다. 그리고 여기에 경찰이 있는데 무슨 감금이야? 안 그런가요?"

"그렇지요."

두 명의 경찰은 똥 씹은 얼굴이 되었다. 이제는 빼도 박도
못하게 되었다는 사실을 직감적으로 알아차린 것이다.

"자, 빨리 신분증 내놔."

노형진은 아이들에게 다가가서 손을 내밀었다.

"……."

하지만 아이들은 끝까지 버티려고 했다. 심지어 경찰들조
차 그런 아이들을 두둔했다.

"거, 아이들이 모르고 한 것 같은데 너무하네."

'그런 말이 나오냐?'

그들이 얼마나 받고 이런 짓을 하는지 모르지만 이렇게 되
면 이 가게를 연 사람들은 엄청난 재산적 피해를 입게 된다.
그리고 이곳을 찾는 사람들은 시설 나쁘고 비싼 곳에서 억지
로 술을 마시게 되는 것이다.

"애들이 무슨 면죄부입니까? 그리고 형사처벌이 가능한
나이는 법적으로 만 14세로 알고 있는데요? 이 애들은 아무
리 봐도 그 나이는 넘은 것 같은데."

"그거야……."

"뭐, 경찰로서 수사를 거부하겠다면 다른 경찰을 불러야
지요. 물론 여러분들은 업무상 배임으로 고발해야겠지만요."

두 사람은 얼굴을 찌푸리더니 아이들 앞으로 다가갔다.

"야, 신분증."

"어…… 저기……."

"신분증 내놓으라고!"

우물쭈물 신분증을 꺼내 드는 아이들. 노형진은 그걸 수거
해서 데스크로 가더니 뭔가를 꺼내 들었다.

"그건?"

"얼마 전에 나온 건데 신분증 검사기라고 하죠."

"신분증 검사기?"

"워낙 위조 신분증이 판을 쳐서요. 진짜인지 확인해 주는
장비입니다."

그 말을 들은 아이들의 얼굴은 아예 시커멓게 변했지만 노
형진은 그걸 알면서도 모른 척 신분증들을 장비 안에 넣어서
검사했다. 아니나 다를까, 다섯 장의 신분증은 모조리 가짜
라는 결과가 나왔다.

"헉!"

"이런……."

"이런, 이런, 신분증들이 모조리 가짜네요."

"아니, 저기…… 그러니까."

"아, 잔말 말고."

노형진은 그걸 사진으로 찍어서 경찰에게 넘겼다.

"이 녀석들을 공문서 위조 혐의로 고발합니다. 자, 그럼
경찰서로 가실까요?"

배후 같지도 않은 배후

경찰서에 들어가자 아이들은 난리가 났다. 울고불고 잘못했다고 떠들고 난리를 쳤다. 그리고 난리가 난 것은 경찰도 마찬가지였다.

"거, 애들이 모르고 그런 것 같은데 그냥 봐주죠."

"글쎄요. 제가 알기로는 주민등록증 위조는 상당한 중범죄로 알고 있는데요? 더군다나 이거 하나 위조하는데 개당 한 30만 원쯤 하는 걸로 알고 있고 다섯 명이면 150만 원인데, 그 돈을 들여서 범죄를 모의한 거라면 그야말로 범죄 조직 구성 아닙니까?"

어떻게 해서든 그냥 돌려보내고 싶은 경찰이었지만 노형진이 그냥 당해 줄 리 없었다.

"하기 싫으면 하지 마세요. 다른 경찰을 부르면 되니까."

"그게 아니고요."

"뭐, 어쩔 수 없죠. 다른 경찰 부르겠습니다."

"뭐요?"

"모르셨어요? 경찰이 일방에게 유리하다고 판단되면 가해자, 또는 피해자는 담당 경찰을 교체해 달라고 할 수 있습니다."

"그건 너무하잖아요."

"너무할 건 없죠. 그냥 일인데."

노형진은 바로 교체해 달라고 항의했고 그들은 똥 씹은 얼굴로 자리에서 물러날 수밖에 없었다.

"그렇게까지 해야 합니까?"

성관중이 고개를 갸웃했다. 하지만 노형진은 단호했다.

"나중에 지역 사건을 담당하시게 되면 아시겠지만 많은 지역 경찰들이 지역 유지나 지역 세력과 결탁합니다. 그리고 피해자들에게 죄를 뒤집어씌우기도 하지요. 경찰을 믿지 마세요. 저들도 기본적으로 인간이라 자신의 이득을 위해 움직입니다."

"하긴 그렇지요."

집히는 것이 있는지 고개를 끄덕거리는 성관중.

잠시 후 두 명의 경찰이 안으로 들어오면서 인사를 건넸다.

"이번 사건을 담당하게 된 사람들입니다. 그런데 이야기를 들어 보니 좀 심각하던데요?"

"그렇지요?"

"저기……."

"경찰 아저씨, 잘못했어요. 그냥 보내 주세요. 다시는 안 그럴게요."

그 말을 들은 경찰은 물끄러미 노형진과 성관중 그리고 서광수를 바라보았다. 용서해 줄 생각이 있느냐는 것이다. 물론 그럴 생각 따위는 없었다.

"전혀."

"알겠습니다."

"아저씨."

"자, 학생들, 이건 정식으로 고발이 들어온 사건이니 규칙대로 한다."

"헉!"

"자, 한 명씩 조사하자."

그들이 조사하려고 할 때였다. 노형진은 그런 경찰들을 말렸다.

"안 됩니다."

"네? 어째서요?"

"이 녀석들은 미성년자잖아요. 괜히 법정대리인 없이 취조하면 나중에 말 바꾸고 시끄러워서요."

노형진은 잔악하게 웃으면서 충고했고 경찰들은 씁쓸하게 웃었다.

"맞기는 하네요…… 쩝."

"아이고, 이 자식아!"

"너 미쳤구나! 너 미쳤어!"

노형진이 착해서 그 아이들이 잘못될까 봐 법적 미성년자 운운한 게 아니었다. 그 아이들의 부모를 끌고 와서 지금 벌어지는 일에 대한 사태를 확실하게 체감하게 해 주기 위해서였다.

"아이고, 사장님! 한 번만…… 제발 한 번만 봐주세요! 제발요!"

부모들은 당장 서광수에게 매달려서 한 번만 봐 달라고 애원했다. 그걸 본 서광수는 마음이 약해져서 그러겠노라고 말하고 싶었다. 하지만 노형진은 그의 옆에서 작게 중얼거렸다.

"이 아들을 그냥 보내면 다시 공격이 들어올 겁니다. 가게를 폐업하고 싶으시다면 말리지 않겠습니다만."

서광석은 정신이 번쩍 들었다. 불쌍하기는 하지만 저들이 자초한 거다. 그에 반해 자신은 전 재산을 날릴 위기에 처해 있다.

"안 됩니다."

"아이고, 사장님!"

"죄송합니다만 안 되는 건 안 되는 겁니다."

선을 딱 그어 버리고 경찰들이 바로 조사를 시작하자 가뜩이나 겁먹고 있던 아이들은 결국 절망적인 울음을 터트렸다.

"엉엉, 엄마……."

"형사님, 한 번만 봐주세요! 네?"

"우리에게는 방법이 없어요. 피해자랑 합의된 것도 아니고."

"합의하겠습니다! 제발 한 번만……!"

"합의 의사 없다니까요."

"아이고, 사장님!"

사방에서 절망적으로 울고불고 하는 부모들을 보면서 아이들은 심적으로 완전히 절망하기 시작했다. 그 상황에서 질문이 시작되었다.

"이름."

"박거세."

"나이."

"열일곱 살요. 흑흑."

노형진은 그걸 보면서 슬쩍 미소를 지었다.

'이럴 줄 알았지.'

아무리 어른인 척하고 약은 척해도 아직은 부모 아래에서 사는 애들이다. 이런 상황에서 부모들이 도움이 되지 않는다는 걸 알게 되면 포기하기 마련이다. 그리고 그런 걸 직접 느끼게 하기 위해서 고의적으로 부모들을 부른 것이고 말이다.

물론 저들의 신분은 중요하지 않다. 노형진이 노리는 것은 저들의 신분이나 처벌이 아닌 다른 것이었다.

"그거 어디서 구했어?"

"그…… 그게…….."

"어디서 구했냐고!"

가짜 위조 신분증은 30만 원. 고작 열일곱 살인 아이들이 가지기에는 큰돈이다. 더군다나 그걸 한꺼번에 다섯 장이나 만든다? 그건 말도 안 된다.

'누군가 사주한 놈이 있기 마련이지.'

노형진과 성관중의 예상에 따르면 이 사건은 누군가 배후에서 조종하는 것일 가능성이 높다. 그리고 그들이 신분증 역시 만들어 줬을 것이다.

"누가 줬어?"

"어떤 아저씨가요. 흑흑흑."

결국 눈물로 후회하면서 사실을 털어놓는 아이들.

"그냥 이걸 가지고 가서 술 마시고 나오면 한 사람당 50만 원씩 준다고 했어요."

"50만 원?"

"네."

"누군데?"

"몰라요. 흑흑…….."

그들은 그냥 학교에서 좀 논다 싶은 양아치일 뿐이었다.

그런 그들에게 어떤 남자가 접근해서 술만 마시고 오면 1인 당 50만 원이나 준다고 하니 혹한 것이다.

"그리고 사진을 주니까 며칠 뒤에 가짜 신분증을 가지고 왔다?"

"네. 흑흑흑."

그들은 눈물을 흘리면서 반성했지만 이미 때는 늦어 어쩔 수 없이 전과를 달 수밖에 없었다. 가짜 신분증을 사용한 게 명백한데 그건 형사처벌의 대상이기 때문이다.

"확실하네요."

노형진은 그 기록을 가지고 확신했다. 이 사건의 배후에는 누군가 있다는 사실을 말이다.

"그런데 그 녀석이 누구인지 어떻게 알죠?"

성관중은 얼굴을 찌푸렸다. 누군지 모르는 사람이라고 했다. 그렇다면 저들에게 물어봐야 이름 같은 게 나올 리 없다는 뜻이다.

"경찰에게 따지면 나올까요?"

"그럴 리가요."

경찰은 어른이다. 만일 이게 새어 나가면 자신이 해직당할 걸 뻔하게 아는데 이야기할 리 없다. 더군다나 지금쯤이면 그 인간들에게서 그 인간에게 연락을 갔을 것이다.

"그리고 경찰은 분명 팔이 안으로 굽습니다. 우리가 업무 상 배임으로 고발해 봐야 증거가 없는 상황에서 그들은 혐의 없음으로 내사 종결할 겁니다."

"음……."

"그럼 그 녀석을 어떻게 잡지요?"

"어떻게 잡기는요. 우리에게는 든든한 일꾼이 있지 않습니까?"

"일꾼?"

노형진의 시선은 울고불고 난리를 치는 녀석들에게 고정되어 있었다.

"인간은 다급하면 뭐든 하기 마련이지요. 후후후후."

⚖

"야, 강 이병."

"이병 강건우!"

강건우는 자신을 부르는 목소리에 재빨리 튀어 나갔다. 거기에는 하사관 한 명이 심각한 얼굴로 서 있었다.

"너 말이야, 입대하기 전에 뭔 사고 친 거 있냐?"

"없습니다!"

"그런데 왜 헌병대에서 너더러 오라고 해?"

"예?"

너무나 당혹스러운 말이었기 때문에 그의 입에서는 자신도 모르게 군대 말투가 아닌 사회에서 쓰는 말투가 나왔다.

하지만 하사관은 뭐라고 하지 않았다. 그 역시 당황스러웠기 때문이다.

"헌병대에서 출두 명령이 날아왔어. 너 혹시 입대 전에 무슨 사고 친 거 있냐?"

여기 온 지 고작 나흘 된 이등병이 여기서 사고를 쳐 봐야 얼마나 치겠는가? 더군다나 행보관인 자신에게 보고도 되지 않고 헌병대로 넘어갈 리 없으니 남은 것은 결국 바깥에서 치고 들어온 것뿐이다.

"진짜로 없습니다."

"일단 가 보자. 이거 원, 무슨 일인지."

그는 행보관과 함께 헌병대로 향했고 그곳에서야 자신에게 벌어진 일이 뭔지 알 수 있었다.

"공문서 부정행사 방조 말입니까?"

"그래, 어찌 되었건 고발이 들어왔으니 해야 하는데 너, 네 신분증 어디에 두고 왔어?"

"그거야…… 집에다가…….'

이게 무슨 소리인가 하다가 그는 아차 싶은 것이 있었다. 두 살 어린 자신의 동생. 누가 봐도 비슷하다고 하는 그 녀석.

"혹시 짚이는 거 있어?"

"동생이 하나 있습니다. 맨날 건들거리고 다니는 녀석입니다."

"끄응…… 그 녀석이 네 녀석 신분증으로 사고를 친 모양이다."

"으윽……."

"하여간 네놈이 들어오고 난 후에 벌어진 일이니까 넌 혐의 없음으로 나오겠지만……. 이런 식이면 네 군 생활도 편하지는 않겠다. 네 흉내 내면서 어디서 사고라도 치는 거 아냐?"

그렇게 되면 툭 하면 자신에게 헌병대 소환 명령이 떨어질 것이다. 그리고 그는 매일같이 불려 가야 할 테고 실질적으로 부대에서 왕따당하게 될지도 모른다.

"전화해서 확실하게 못 박아 놔."

"알겠습니다."

그는 가는 중에 이를 빠드득 갈았고 도착하자마자 공중전화로 달려갔다.

"엄마, 난데 건식이 이 새끼 어디 갔어? 뭐? 놀러 가? 지금 자기 형을 영창에 넣을 뻔한 새끼가 놀러 나갔다고?"

줄줄이 들어오는 사람들. 그들은 하나같이 읍소하면서 잘못했다고 빌고 있었다.

"민사소송이라……."

성관중은 혀를 내둘렀다. 흔하지만 확실한 방법이다.

"명백하게 민사소송으로 손해배상을 받을 수 있죠."

"하지만 그동안 다른 사람들은 안 하던데요?"

"그거야 방법을 모르니까요."

자신들에게도 과실이 있기 때문에 소송해도 결국은 손해배상금은 고작해야 200만 원에서 300만 원 사이이다. 문제는 그 소송하는 데에 들어가는 돈이 그것보다 더 많다는 것이다.

"하지만 이렇게 여러 명일 때는 이야기가 달라지죠."

당장 이번에 걸린 놈들만 해도 다섯 명. 그 놈들에게 100만 원씩만 해도 변호사비는 나온다.

"그리고 우리가 노리는 건 돈이 아닙니다."

어차피 그만큼 받아 낸다고 해 봐야 별 의미가 없다. 노형진이 노리는 것은 다른 것, 즉 부모들이었다.

"들어가죠. 이제 정리해야 할 시간이니까요."

노형진의 말에 고개를 끄덕거리는 성관중.

두 사람이 회의실로 들어가자 사람들이 우르르 달라붙었다.

"변호사님, 한 번만 봐주세요."

"사장님, 우리 자식이 몰라서 그랬습니다. 제발……."

읍소하는 사람들. 그들은 눈물을 흘리면서 빌고 있었다. 그럴 수밖에 없다. 청구 비용이 무려 1인당 2천만 원이 넘었기 때문이다.

'뭐, 그게 나올 리 없지만.'

진짜로 그 돈이 그렇게 나올 리 없다. 그럼에도 불구하고 노형진이 그렇게 고가의 가격을 쓴 것은 사건이 큰 것처럼 느끼게 하여 정신적인 스트레스를 주기 위해서였다. 몇몇은 신분증 위조와 사기까지 함께 들어가기 때문에 정신적 충격은 이루 말할 수 없이 큰 상태였다.

"여러분, 조용히 하세요."

노형진은 사람들은 진정시키고는 입을 열었다.

"우리도 이렇게까지 하고 싶지 않았습니다. 하지만 자녀분들은 계획범죄에 가담하신 겁니다."

"우리 애가 그럴 애가 아닙니다."

"모르고 그런 거니까 한 번만 봐주세요."

계획범죄라는 말에 다들 깜짝 놀랐다. 물론 계획범죄는 맞다. 하지만 사회적으로 강한 처벌을 받는 것은 아니다. 물론 저들은 그걸 모른다.

"우리도 그걸 안타깝게 여깁니다. 하지만 아이들이 문제예요. 이 아이들이 죄다 누군지 모르는 사람에게 부탁받았다는데 그게 말이나 됩니까?"

"돈 때문에 그렇습니다. 단돈 얼마에…… 흑흑흑……."

"물론 그럴 수도 있죠. 하지만 반대로 돈 때문에 계획범죄를 저지르고 존재하지 않는 가상의 인물을 만들어 낼 수도 있지요."

"아닙니다!"

"절대로 우리 애들이 그렇게 나쁜 애들은 아닙니다!"

절대 아니라고 펄쩍 뛰는 부모들. 노형진은 그들을 보면서 이쯤에서 당근을 주기로 했다.

"우리도 그렇게 믿고 싶습니다. 하지만 그렇다고 해서 그냥 넘어갈 수는 없지 않습니까? 그래서 말씀인데……."

"말씀만 하세요!"

"뭐든 다 하겠습니다!"

노형진은 약간 뜸을 들이고 천천히 사람들에게 뭔가를 열어서 보여 주기 시작했다.

"이 사람이 아이들이 말한 그 사람입니다. 전문 작가를 동원해서 그 사람의 초상화를 그린 거죠. 아이들은 누군지 모르지만 말입니다. 만일 이 녀석을 찾을 수 있다면 그 녀석이 주범이라는 뜻입니다. 당연히 우리는 주범에게 그 배상을 받을 수 있습니다. 여러분들이 아니라요."

"주범?"

"저 녀석이 우리 애의 인생을 망친 녀석이야?"

특히 저 녀석 때문에 아이가 전과를 달게 된 부모들은 머리끝까지 화가 난 상태였다.

"이 녀석을 찾아오신다면 그분에 한해서는 우리가 무조건 합의서를 써 드립니다."

"진짜입니까?"

"진짜입니다."

그 말을 들은 부모들은 서로 눈치를 보더니 우르르 몰려나갔다. 서로 찾기 위해서다. 그걸 보면서 노형진은 미소를 지었다.

"씁쓸하군요."

"그렇지요? 하지만 어쩌겠습니까? 방법이 없는데요."

사실 노형진은 몽타주를 만들어서 잡을까 했다. 문제는 경찰이었다. 자신들이 몽타주를 만들기는 했지만 그걸 가지고 수배를 내릴 권한은 없다.

결국 경찰이 도와줘야 하는데 고작 이딴 사건으로 수배를 신청할 수 없다면서 거절한 것이다. 이는 즉, 그걸 직접 들고 다니면서 찾아야 한다는 건데 그걸 노형진이나 성관중, 서광수가 할 수는 없는 노릇이다. 그러니 사람을 써야 하는데 어디서 어떻게 움직이는지도 모르는 녀석을 찾기 위해 얼마나 사람을 써야 할지는 모르는 상황.

"하지만 저들은 공짜지요."

"좀 잔인하네요."

"잔인한 거 아닙니다. 솔직히 많이 봐준 겁니다."

말로는 한 명만 해 준다고 했지만 진짜로 찾아온 사람이면 무조건 해 줄 생각이다. 만일 그마저도 안 찾아온다면 아예 생각이 없는 것이니까 그런 사람들에게는 해 줄 수는 없지만 말이다.

"결국 아이들에게는 아이들의 세계가 있고 부모들에게는 부모들의 세계가 있습니다. 인맥이 있는 사람들이니만큼 몽타주를 가지고 주변에 찾다 보면 분명 나올 겁니다."

아이들은 어울려 봐야 자기 또래다. 하지만 어른들은 주변에서 장사하는 사람 또는 사는 사람들이 있다. 그들은 어른인 만큼 그 녀석이 나올 가능성이 높다.

"결국 그 주변에 있는 녀석일 테니까요."

전혀 엉뚱한 녀석이 이런 작전을 짤 리 없다. 서광수의 가게 때문에 자신이 피해를 본다고 생각하는 녀석이 가능성이 높으니 결국 그 주변의 누군가가 될 것이다.

"그러니까 우리는 조용히 기다리면 됩니다. 후후후."

떡밥은 던져졌고 이제 물고 올라올 고기만 기다리면 되는 상황이었다.

⚖

얼마 후 노형진이 일하는 사무실로 다급하게 한 사람이 들어왔다.

"손님! 잠시만요!"

"제가 급해서 그럽니다. 잠시만요."

헐레벌떡 들어온 사람은 지난번에 왔다간 범인의 아버지 중 한 명이었다.

"무슨 일이신가요?"

"변호사님, 변호사님이 찾던 사람을 찾았습니다. 이제 우리 아이의 소송을 취하해 주시는 거죠?"

"본인이 맞다면요."

"여기…… 여기 있습니다."

그는 황급하게 자신의 핸드폰을 열고 사진을 보여 줬다. 아직은 스마트폰이 아닌지라 깨끗한 사진은 아니었지만 그래도 얼굴 정도는 알아볼 수 있는 정도였다.

"이 사람은?"

'M' 자 형으로 벗겨진 머리 위로 쭉 째진 눈 그리고 능글맞은 입술 라인. 아이들이 말한 그 사람과 무척이나 닮아 있었다.

"누굽니까, 이 사람이?"

"서태섭이라고 하는 사람입니다. 아는 사람이 그곳에서 장사하는데 말하더군요. 가끔 나온다고."

"가끔 나온다?"

"네, 이곳에서 가게만 네 곳을 하는데 대부분 알바에게 맡기고 놀러 다닌답니다."

'어쩐지.'

사실 노형진도 몇 번이나 몽타주를 들고 그곳을 다녔다. 하지만 보이는 사람은 없었다. 물론 지역 상인들에게 물어봤지만 다들 모른 척할 뿐이었다.

"이 사람이 지난번 상인회 회장이라고 하더군요."

"지난번 상인회 회장?"

"네."

그렇다면 상인회에 상당한 영향력을 가지고 있을 게 뻔하다. 그리고…….

"아마 그 사람이 하는 가게가 술집이겠군요."

"네, 맞습니다."

노형진은 그 산을 뚫어져라 바라보면서 중얼거렸다.

"반갑습니다, 범인 씨. 후후후후."

다음 권으로 이어집니다

강철

흑신마 퓨전 판타지 장편소설

마왕

『백염의 심판자』, 『타격왕 강현수』
흑신마표 강력 판타지!

불우한 사고로 식물인간이 된 소년 강철
영혼 차원 이동 프로젝트에 선발되어
외계 프로그램 베타의 도움으로
강력한 힘의 열쇠를 가지고 소생하다

뱀파이어의 권능 불사, 지배!

몬스터들의 힘을 흡수하며
막강한 힘을 부리게 된 그의 목표는 단 하나
강해지고 싶다, 끊임없이 강해지고 싶다!

드래곤조차 그의 발판일 뿐!
강함의 한계를 초월한다!
순수 강캐 주인공 등장!